TAKE
SHOBO

JN098437

悪役令嬢ですが、謎の美青年に溺愛されて破滅回避します♡

花菱ななみ

Illustration
みずきひわ

蜜猫 Novels

contents

イラスト／みずきひわ

悪役令嬢ですが、謎の美青年に溺愛されて破滅回避します♡

Nanami Hanabishi
presents

AKUYAKU REIJO DESUGA
NAZO NO BISEINEN NI DEKIAISARETE
HAMETSU KAIHI SHIMASU

第一章

「あっ」

狼狽《ろうばい》したような声と同時に、カップがテーブルから落下した。スザンヌ・パレスの制服のスカートに、その中身が降りかかる。

スザンヌは反射的に立ち上がった。

「きゃっ！」

思わず悲鳴を上げたものの、その直後にわくわくした感覚が胸の中に湧きあがった。

何故ならこんな展開がくることを、ずっと待ち詫《わ》びていたからだ。

ここは、エイミリア王立魔術学園。祖母が言っていた『乙女ゲー』の舞台だ。

その温室で、スザンヌは友人たちと、午後のお茶を楽しんでいたところだった。

だが、紅茶ポットを持ったルーシー・マイヤーがスザンヌのカップに紅茶のお代わりを注ごうとしたところ、手をすべらせて、スカートにぶちまけたのだ。

「ごめんなさい。申し訳ないわ、こんな……っ」

ルーシーは泣きだしそうな顔で、おろおろしている。大きな目に、ふわふわの髪。小動物めいた、庇護《ひご》欲を掻《か》き立てる容姿だ。焦ったようすではあるものの、何をするでもなくただぼうっと突っ立っている。

――いいわよ、いいわよ。

そのようすに、スザンヌのわくわくが収まらなくなった。何故なら、ルーシーは『乙女ゲー』における正ヒロインで、おとなしくてつつましやかなふりを装いつつ、スザンヌから婚約者を奪おうとする泥棒猫の役割だからだ。

対してスザンヌは悪役令嬢であり、正ヒロインであるルーシーの邪魔をし、嫌がらせを重ねて、最後にはさんざんな罰を受ける損な役回りだ。

すでに『乙女ゲー』なるものが、始まっていることを理解する。

だが、スザンヌの取り巻きたちは、ルーシーを口々に非難した。

「ひどいわ、ルーシーさん。あまりにも不調法だわ！」

「大丈夫かしら、スザンヌさま。そんなにもスカートが濡れてしまって」

「突っ立ってないで、何か拭くものを持ってきなさいよ！」

「火傷《やけど》していらっしゃらない？　医務室に、すぐにお連れいたしましょうか」

口々に騒ぎ立てる友人たちを前に、スザンヌは濡《ぬ》れたスカートをつまみながら優雅に立ち上がった。

「大丈夫よ。ルーシーさんもわざと落としたんじゃないんですし」

「あら。ですけど、よりにもよって、スザンヌさまに」

「そのポットは、もともと少し、すべりやすかったの。何も言ってなかった私も悪かったわ。それに、新しいポットが欲しいと思っていたところですの。ちょうどよかったわ」

スザンヌはそういうと、ルーシーににっこりと微笑《ほほえ》みかけた。

「あなたのほうに火傷はない？　ルーシーさん」

王立魔法学園に通っている間は、どんな身分であろうが平等。

そんなふうに、建前上では言われている。それでも、親の身分差を反映して、学園内に序列があるのは公然の事実だった。

公爵令嬢であるスザンヌは、この学園では女子のトップの地位だ。

そんな自分の取り巻きたちが、スザンヌをちやほやするために平民であるルーシーを非難するのは当然だった。だけど、こんなことになっているのはゲームのせいだ。

スザンヌは、自分の暮らすこの世界で『乙女ゲー』なるものが展開されるのを知っている。

何故なら、スザンヌの祖母である『預言者』リオノーラが、可愛《かわい》い孫のためにこの先の展開が詳しく書かれた預言書を残していったからだ。

祖母は平民の出身でありながら、パレス公爵の正妻の座を手に入れ、国の将来をいくつも預言したという伝説の人だった。

そしてついに、その祖母が『始まりの合図』だと預言していた出来事が現実に起きている。

ある日、スザンヌが出席したお茶会で、ルーシーがお茶をこぼす。

それによってスザンヌが激高して、ルーシーを平手打ちする。たまたま通りがかったチャールズが、それを目撃して顔をしかめ、ルーシーを慰めるために優しく声をかける、といった展開がこれから起きるはずなのだ。

――だけど、そうはいかないわ。

ここで怒ってはいけない。

そもそもスザンヌは、そこまで短気な性格ではないはずだ。

「ごめんなさい。申し訳ないわ、こんな」

おろおろとルーシーが言うのを、スザンヌは軽く流した。

「いいのよ。着替えればいいのですもの。だけど、気をつけることね。私じゃなかったら、ここで平手打ちされても文句は言えないわよ」

思わず浮かれてそう言い捨て、スザンヌはお茶をしていた温室の外に出た。

廊下に出た途端、バッタリとチャールズに会ったのには笑えた。本来ならば、ここで泣きながらルーシーが駆け出してきたはずだが、そうはならなかったがゆえの展開だろう。

「どうしたんだ？　それ」

チャールズはびっしょりと濡れたスザンヌのスカートを指し示した。

エイミリア王立学園の女子の制服は、白地に紺の差し色が入ったデザインのものだ。

膝下丈で、その下に膝までの編み上げのブーツを履くのが基本だ。もちろん、スザンヌはこんなときにスカートを少しだけたくしあげるしぐさも、誰よりも美しくこなせる自信がある。

「ふふふ。ちょっとね」

スザンヌは軽く笑ってから、視線を目の前の婚約者に戻した。

この国の王太子。チャールズ・エイミリア。いずれは国王陛下の後を継いで、この国の支配者となることを、生まれながらに約束された者。

「ほら。つい最近、一年のクラスに平民の子が編入してきたでしょ。ルーシーっていう。彼女が一人で寂しそうにしていらしたので、お茶に誘いましたのよ。そうしたら、彼女が手をすべらせて、こんなことに」

「ルーシーが」

チャールズが口にした『ルーシー』に、特別な響きを感じ取る。

「あら。ご存じ？　ルーシーを」

スザンヌはすかさずつっこんで、目の前のチャールズを見た。見慣れた彼の姿を、あらためて観察してみる。

――まぁ、綺麗《きれい》は綺麗よね。キラキラしているし。

女性が憧れる要素で、チャールズの全身は構成されていた。

肌が透き通るように白く、豪奢《ごうしゃ》なブロンドの髪が緩くウエーブしながら肩の下まで流れ落ちている。いかにもな、王子様だ。

「ああ、まぁちょっとだけ、ルーシーは知っている。とにかく、すぐに着替えなければ。火傷はしていない？」

チャールズはそう口にした。だけどそこにまるっきり誠意がこめられていないのは、少しもあわてていないようすからも明らかだ。

何故ならチャールズは名ばかりの婚約者であり、スザンヌとの関係は冷ややかなものでしかないからだ。

チャールズがちょくちょく舞踏会に出かけては、年上の女性をたぶらかして愉《たの》しんでいるという噂《うわさ》は、スザンヌの耳まで届いていた。

――浮気者のプレイボーイ。結婚前に遊んでおこうって腹だわ。私とは、清い仲、なんだけど。

身分が高くなればなるほど、淑女には貞淑が求められる。スザンヌがチャールズと結婚したときには、その子どもは次の王となる可能性が高い。だから、身分が高い女性は子どもの血の正統性を疑われないように、厳重に身を慎む必要がある。

スザンヌは軽くうなずいた。

「ええ。下にペチコートを着ていたから」

「部屋まで送ろうか？」

だが、スザンヌはあっさりと身をひるがえした。

「結構よ」

ゲームが始まったからには、この婚約者とできるだけ親密になっておかなければならないと頭ではわかっている。だが、浮気者とは仲良くできない。

振り返りもせずに歩き始め、すぐに後悔した。

――失敗、したかも。

ルーシー相手のお茶会でのふるまいは、上手にできたはずだ。頬《ほお》に平手打ちをすることなく終わらせた。だけどチャールズが相手となると、うまくいかない。

この国の王太子である婚約者の気持ちをちゃんと自分に惹《ひ》きつけておくのが、このゲーム攻略の肝だとわかっている。なのに、あまり彼と親しくなりたくない自分がいるのだ。

――だって、仕方ないわよね。チャールズは浮気者だし。嘘《うそ》つきだし、見栄《みえ》っ張《ぱ》りだし。

一見、完璧な王太子なのだが、この婚約者の腐り切った性根はよくわかっている。

それでも、破滅の運命を迎えたくはないのだ。


エイミリア王立魔法学園。

今では社交界デビュー前の貴族の子女の、最終的な礼儀作法スクールのようになっている。その名にある『魔法』は、ほんのおまけのようなものだ。

かつてエイミリア王国が属するこの大陸内では、広く魔法が使われていたそうだ。だが、スザンヌが生まれたころには、すでに日常では『技術』が優先的に使われていた。蛇口をひねれば水が出てくる水道や、簡単に火を熾《おこ》せるマッチのほうが便利だからだ。

今となっては、魔法は過去の栄光の名残でしかない。ただし、先祖からわずかに魔法の力を受け継ぐことが多い貴族の子息はその力を自分で制御できるようにしておかないと、ごくまれに暴走事故が起きる。

自分にあるのはどんな力なのかを若いうちに見極め、制御しておくようになるのが、この王立魔法学園の目的とも言えた。

だが、平民でも魔法の力を持つ者が生まれることがある。その場合でもその者が持つ魔法の力を教師陣が見極め、制御できるようにしておく必要があった。

——それが、平民がこの学園に入学してくる理由よね。

生まれながらの貴族の子女が多く暮らす寮で生活することになるから、さぞかし常識が違うことの連続だろう。

だが、おそらくルーシーは、とある目的を持ってこの学園に入学してきたはずだ。

——それを確認するのよ。この私の、魔法の力で。

スザンヌが持っている魔法の力は、鍵開けに遠見。読唇術だ。

せっかくチャールズと顔を合わせたのに、すぐに別れてしまったからこそ、彼のこれからの行動をチェックしなければならなかった。スザンヌはいったん寮に戻って濡れた制服を新しいものに着替えるなり、遠見のレンズを持って別棟に向かった。

そのときには、祖母の預言書を持っていった。その人物紹介によると、ルーシーは生まれながらに魔法が使えたわけではなく、ある日突然、魔法が使えるようになったそうだ。だから、季節外れのこの六月に、転校が決まった。

そんなルーシーもまとめて監視するためにスザンヌが陣取ったのは、薔薇園《ばらえん》が見渡せる別館の、二階の端にある一室だった。

そこは絵画用の教室だ。入った途端、少し絵の具の匂いがした。以前から薔薇園を監視できる場所として、ここに目をつけていた。

放課後で誰もいなかったからこそ、スザンヌはまっすぐ窓際に近づき、目に遠見のレンズを当てて薔薇園を見回した。

――ゲームが始まっているのなら、すでにルーシーはチャールズとここで会っているはずよ。

遠見の術には自信があった。どんなに遠くても、相手の表情はもちろん、まつげの一本一本まで見定められる。スザンヌの力で、もともとのレンズが持っている性能を何倍かにする仕組みだ。

「いた」

思わず声が漏れた。

広い薔薇園の茂みに隠れて、二人がべったりと寄りそっているのが見える。

ここにルーシーがいるということは、スザンヌがいなくなってすぐに、お茶会は解散となったのだろう。

そこはチャールズの薔薇園だった。

チャールズは魔法の力によって、薔薇を美しく咲かせることができる。

薔薇園への一般の生徒の立ち入りは禁じられていた。表向きには、薔薇園を荒らされないため。

実際のところは、薔薇園での逢《あ》いびきを邪魔されないためだろう。

——おあいにくさま。私はとっくにここからのぞけるって、知っているものね。

それでも、このゲームが始まるまでは薔薇園をのぞき見するなんて、はしたないことはしていなかった。

だから、ルーシーとチャールズの出会いがどんなようすだったのか、スザンヌは見ていないのだが、祖母の預言書でわかっている。

平民の出身であるルーシーは、この学園では浮いた存在だ。礼儀作法もよく知らず、ことあるごとにその不作法を笑われる。

いたたまれずに学園内をさまよっていたときに、この薔薇園に迷いこんだのだ。

見たこともないような見事な大輪の薔薇に見惚《みと》れながら歩いていると、ルーシーはスカートの裾を薔薇の棘《とげ》に引っかける。

あわてて外そうとしているときに現れたのが、ハンサムな王子様であるチャールズだった。

『ああ、動かないで』

チャールズは平民のルーシーにも優しい。もちろん下心があるからだ。チャールズの優しさは、狙っている女性に限られる。

見ているだけでも震えあがりそうな麗しい容姿を持ったチャールズは、ルーシーのスカートの裾を丁寧に棘から外してくれる。

そして、二人で見つめ合う。

どこか、運命的な出会いだった。ルーシーに魅入られたようになったチャールズは、注意力が散漫になって、薔薇の棘で指を切る。

『痛っ』

その手を、ルーシーが反射的につかんで、血の出た指に口づける。何故なら、ルーシーは癒やしの魔法が使えるからだ。

それによってチャールズの傷の傷は癒えたが、互いに離れがたいものを感じてならない。

『また、会えるかな』

『……はい』

それが、一日目のエピソードだ。

それから二人は、放課後の薔薇園で逢瀬《おうせ》を重ねていく。

——今日は、何日目かしらね。

スザンヌはぎゅっと遠見のレンズを握りなおした。

チャールズがどんな表情をしているのかは見えない。だけどそのチャールズに、甘ったるい笑みを向けているルーシーの顔は、今の角度からだとよく見えた。

こうしてじっくり観察すると、ルーシーが笑みの表情を浮かべながらも、目が本当に笑っていないことに気づく。ずっと、チャールズの反応を冷静に見守っているようだ。

——私のスカートにお茶をこぼしたときも、わざとしたみたいだったわ。

ぞくっと背筋が震える。まさか、ルーシーもこれが『乙女ゲー』だということを知っているのだろうか。

——だけど、チャールズは渡せないの。

そんな気持ちはあるものの、ルーシーにチャールズを奪わせないために具体的にどう行動すればいいのか、スザンヌにはまるでわからないままだ。

預言書には、ルーシーにチャールズを奪わせないように、チャールズの心を事前に惹きつけておくように、との注意書きがあった。だが、どうやって男の心をつかんだらいいのか、スザンヌにはまるでわからないでいるのだ。

具体的にどうやって女の武器を生かしたらいいのか、預言書に記載はなかった。

──色気がないって、ずっと言われ続けてきたわね。

容姿だけなら、周囲の人間はやたらとスザンヌを褒めてくれる。

少しきつめだが、一切非のつけどころがない整った顔立ち。翡翠《ひすい》のような緑の瞳に、綺麗に通った鼻梁《びりょう》。肩までまっすぐに流れる、豊かな銀髪。

画家に幼いころからモデルにしたいと何度も懇願されてきた、天使の美貌だ。

一時期公爵邸に滞在した吟遊詩人も、スザンヌほど美しい乙女を見たことがないと感嘆して、その姿を称《たた》える曲を作って、流行《はや》らせたほどだった。

だけど、スザンヌはそんな自分の容姿を生かす方法を知らない。むしろ、男性が自分に興味を抱かないように、冷ややかにふるまう方法ばかり覚えてきた。

そんなスザンヌだが、浮気物の王太子との婚約を、何が何でも守り抜かなければならないのだ。

何故なら、エイミリア王国では、王族との婚約において、特に破棄の条件が厳しく定められているからだ。数代前に王太子がひどいフラれかたをされたために、その逆恨みで改定されたと聞いている。

『王族と婚約している淑女は、死罪か国外追放になるほどの罪を犯していなければ、婚約を破棄することは許されない』

その法は、今でも有効だ。

重婚は許されていないから、チャールズがルーシーと恋をし、彼女と結婚したいと強く願ったときには、スザンヌとの婚約を破棄する必要がある。スザンヌが死罪や国外追放になるほどの罪人だと糾弾して、婚約を継続するのは不可能だと公《おおやけ》に認めさせなければならない。

——つまり私は、してもいない罪を押しつけられて、死罪か、国外追放になる運命が待ち受けているのよ。

国外追放なら死罪よりもマシかと思われるが、そうでもない。まだまだ航海術は未熟で、航路も確立していない。船に乗るときは、いつでも沈没や遭難の危険と隣り合わせだ。

それもあって、航海を生業としている船乗りは荒くれものばかりだ。

十分な後ろ盾もなく若い女が一人で船に乗せられたら、早々に犯されて海に投げこまれるのがオチだ。つまり国外追放になるのは、死罪も同然なのだ。

——凌辱《りょうじょく》されそうな分、死罪よりもつらいかもしれないわ。

だが、祖母はそんな孫の手を取って励ましてくれた。

『大丈夫だよ。運命は定まっているものではなく、変えられるものなの。ゲームの見えざる力が働いて、どうしてもうまくいかないところはあるけれど、分岐をこのエオノーラが全部教えてあげるからね。おまえはそれをしっかり覚えてバッドエンドを回避し、幸せな結末を迎えるの。いいかい、スザンヌ。おまえは絶対に幸せになれるんだよ』

——そう。破滅の運命を、やすやすと受け入れるつもりはないわ。

スザンヌは王太子の婚約者であり、王家に次ぐ権勢を誇るパレス公爵家の当主の娘だ。この有利な立場を使わない手はない。

——この美貌もよ。

目つきがきつく、顔立ち全体が整っているから、にらまれるとすごみすらあって怖いらしい。祖母に言わせるといかにも悪役令嬢顔だそうだが、最初から負けを認めることはしない。

——あがいてやるわ。ルーシーに、婚約者の地位は譲らない。

手元には預言書がある。フラグというものを片っ端から叩《たた》き壊《こわ》してやれば、ルーシーとチャールズの間に愛ははぐくまれない。そのはずだ。

——そうよ。やってやるわ……！

ずっと緊張しながらも、楽しみにしていたのだ。

この退屈な日々に、わくわくするような出来事が起きることを。

第二章

翌日。

スザンヌは放課後になるなり、別館の二階の端の部屋まで遠見のレンズを持って出かけた。

今日もルーシーとチャールズは薔薇園で親密度を上げていくはずだ。

それでも、二人が会えないように、朝からスザンヌは何度も阻止しようとした。

まずは朝食のときに、放課後、自分と一緒に試験勉強をしないかとチャールズを誘った。

だが、あっさり断られた。

勉強しよう、というのは、チャールズ相手に失敗だったかもしれない。彼は勉強が嫌いだ。そう理解したから、お昼に会ったときには、おいしいお菓子があるから、と誘いかたを変えてみた。

だが、甘いものはいいいよ、と断られた。だから、次なる手としてワインに合う渋めのおつまみを用意して、授業が終わってから声をかけようとしていたのだ。だが、チャールズを探している間にクラス担任に呼び止められ、用事を言いつけられてしまった。

それを終えたときには、すでにチャールズの姿は教室にはなかった。

——うまく阻止できないわね。これが、ゲームの見えざる力、ってやつなのかしら。

スザンヌは絵画教室の窓際の席に陣取って、ふう、とため息を漏らした。

今日の放課後もまた、ルーシーとチャールズは薔薇園で会っている。二人の仲はどんどん深まり、親密度も確実に上がるはずだ。その証拠に、二人の距離が近い。いつでもキスできそうなぐらい、顔を寄せている。

——どうすれば、二人の仲を邪魔できるのかしら。

考えていたときに、スザンヌはふと気配を感じて振り返った。

スザンヌしかいない教室に、誰かが入ってくるところだった。

——え？

学園の、男子の制服を身につけている。すっと背が高く、カラスの濡《ぬ》れ羽色《ばいろ》の艶《つや》めいた黒髪がまず目を引いた。鷹《たか》のように鋭い眼差《まなざ》しと、意外なほどに整った気品のある顔立ちがその下にある。

同年代の男子よりも、ずっと大人びた雰囲気があった。

一瞬、こんなにも姿のいい男が、この学園にいたのかと思った。

だけど、すぐに思い当たった。この六月、ルーシーとほぼ同じ時期にやってきた転校生だ。存在感があったから、何か身分のある人なのではないかと女子の間で話題になっていた。

ルーシーと同じく平民だと自分では口にしているようだが、かつて名のある貴族の子息が身分を隠して入学したケースがあったらしい。だから、その類ではないかと、もっぱらの噂だった。

それくらい彼の容姿は抜きんでていたし、その言動からは隠しきれない気品が漂っていた。婚約者のある身だから、スザンヌはあまり男子生徒に近づかないようにしている。だから、噂になっている彼もあまり近くから見たことがなかったし、興味もなかった。

だが、ためらいなく彼のほうから近づいてこられると、その姿から目がそらせなくなる。黒い瞳が光に透けて、琥珀色《こはくいろ》の輝きを放っていた。彫りが深い整った顔立ちは、神秘的で謎めいている。じっと見つめられると、勝手に鼓動が乱れだしそうな魅力があった。

やっぱり、この男はお金を持っていて身分のある人だわ、と思ったのは、間近で見たその制服が特注だったからだ。

他の生徒のものとできるだけ変わらないように仕立ててはあったものの、明らかに縫製が違う。布地にも高密度で雨や風を通さない高級な品が、さりげなく使われていた。

それに気づいたスザンヌは、思わず口走っていた。

「あなた、何者……？」

自分の制服も特注で、仕立てるときに、何かとこだわって職人とやり取りをした。多少は縫製にも詳しくなった。だから、彼の制服がどれだけの高級品かも理解できる。

彼が名のある貴族の子息だとか、大魔法使いの末裔《まつえい》だとかいう噂も、あながち根拠のないものではないようだ。

だが彼は柔らかく微笑み、内緒だと伝えるように指を一本立てて口元に当てた。

そんな合図に強制力はない。だけどその目は鋭く、スザンヌでさえ怯《ひる》ませるほどの威圧感があった。

「私は、ヴィクター・ルグラン。どうして君がここにいるのか、知っていますよ」

口調は柔らかい。

だけど、そう簡単にはあやつれそうもないしたたかさをその声の中から感じ取った。

「あら、あなたこそ、何の用なの」

スザンヌはきつい口調で言い返す。

彼はルーシーの攻略キャラではないはずだ。預言書の人物紹介には、ヴィクターのような黒髪の男は出ていなかった。

彼はあいまいに微笑んで、聞き捨てならないことを言ってくる。

「薔薇園に、……君の婚約者がいるのを見かけましたが。早く邪魔をしないと、彼は正ヒロインのものになってしまいますよ」

その言葉に、ドキッとした。

――この男。ゲームについて知ってる……?

『正ヒロイン』という単語など、ゲームでしか使わないはずだ。

だが、そんなことがあるのだろうか。祖母のような人ではないと、この世界で『乙女ゲー』が始まっていることを知ることはできない。

思わずヴィクターを凝視すると、共犯者のような笑みが戻ってきた。

「そんな怖い顔をしなくても。私は敵ではなく、君の味方です。ですが早く行動しないと、君の婚約者が奪われてしまう」

「奪われる、ですって」

この男は、どこまで何を知っているのだろうか。

それは、決まったことではない。

今の時点では、ルーシーとチャールズは毎日のように薔薇園で顔を合わせているだけだ。チャールズの浮気はいつものことだし、ルーシーは適当に弄ばれて、捨てられるとみるのが妥当だろう。乙女ゲーさえ関わっていなければ、いちいち目くじらを立てるほどの浮気ではない。なのに、まるでスザンヌの破滅まで見透かしているようなヴィクターに、ゾッとする。

——この男、どこまで知ってるの？

預言書にない人物の乱入に不安でいっぱいになりながらも、スザンヌは強い調子で言い返した。

「奪われるはずがないわ。チャールズさまは、私の婚約者ですもの」

「婚約者が浮気性だなんて、問題だね。そんな男の心を惹きつけておきたいけれど、今の君はあまりにもギスギスしている」

「は？　それは、相手があなただからよ。見知らぬ男に愛嬌《あいきょう》を振りまくほど、私は安っぽい女ではないんですもの」

「恋について、君は少し学んだほうがいい。婚約者が浮気をしているというのに、君は何もせず、手をこまねいているだけだ。どうやったら婚約者の心を取りこむことができるのか、私に直接、教えを乞うのはどうかな」

口説くような甘い声でささやかれ、スザンヌは思いっきり呆《あき》れて息を吐き出した。

もしかして、これは珍しいタイプの口説きだろうか。

「結構よ。婚約者がどれだけ軽薄にふるまおうが、私までそうなる必要はないわ」

「お堅いね、スザンヌ。それこそが、君だ」

ヴィクターはくすくすと笑う。スザンヌのことを昔から知っていたような口ぶりにげんなりした。だが、すぐに彼は笑いをひっこめ、いさめるようにスザンヌを見た。

「だけど、それではダメなんです。君は男を誘惑する方法を、学ばなければならない。気のある眼差しに、甘いささやき。君の美貌さえあれば、男の心をたやすく虜《とりこ》にできるすべを手に入れることができるはずだ。なのに、どうしてそうしないのか、私は君を見ていると歯がゆくてたまらない」

「こんなところで、口説かれたくないんですけど」

へきえきしながら、スザンヌはそっぽを向いた。彼の妙な言葉遣いが引っかかる。他人に命令することに慣れていた人間が、わざと丁寧に話そうとしているような。

それに言われなくても自分に色気がないのはわかっている。男性にへつらうような言動もできない。

昔から色恋沙汰は苦手だった。世の男性に悩まされてきたからだ。婚約者がいるというのに、公然と恋の言葉をささやいてくる。そんなのは、不愉快なばかりだった。浮気など、自分の価値を下げるだけでしかない。

「どうして、私がそんなものを学ばなければならないの」

「破滅から逃れるため」

その言葉に、心臓がドクリと音を立てた。反射的に顔を上げて、ヴィクターを見た。

甘い言葉と裏腹な、どこか真剣な表情が瞳に灼《や》きつく。まさか、ヴィクターは自分を本当に助けるために現れたのだろうか。ゲームのことについて、知っているのか。

「婚約者の心を、自分のものにしておく必要があるのです」

ヴィクターはそう訴え、スザンヌが立ちつくす窓辺に近づいてきた。

「……っ」

自然と距離を詰められて、スザンヌは動けなくなる。ここまで近づかれると、凄《すご》みを感じるほどの美貌に釘付《くぎづ》けになってしまう。

こんなにも完璧な鼻の形をしている相手を、スザンヌは初めて見た。それに、少しぷっくりとした唇や、形よく削《そ》げた頬のラインが男の色香を漂わせている。何より理想だと思わせる造形物で、ヴィクターの顔は構成されている。

だけど、ヴィクターの姿が理想であればあるほど、その存在が罠《わな》のように思えた。

——……だって、こんなにもハンサムで、私の好みそのものだなんて、ありえないもの。

気づけば、ヴィクターの顔が息がかかるほど近くにあったので、あわてて距離を保とうと、スザンヌは反射的に屈《かが》みこんだ。すると、そこに椅子があったので、座りこむ形となる。

あらかじめこうなるのがわかっていて、そこに椅子が置かれていたように思えたのは、ヴィクターがスザンヌの座る椅子に、当然のように膝をついてきたからだ。

さらに、ヴィクターがスザンヌの座る椅子のひじ掛けに腕をつく。そうすると、その腕の中にすっぽりと封じこめられる形となった。

——え……！

鼓動が跳ねあがる中で、かつてないほど好みの顔がすぐそばまで寄せられてきた。

「君に出会えたら、恋のときめきを教えたいと思っていました。こうやって強引に動きを封じられ、逃げ場もなくキスされるときの、ときめきと絶望感というのは、どんな感じなのかを」

驚きのあまり、スザンヌは大きく目を見開いた。

息が浅くなる。

恋などしたことがなかった。する必要がなかったからだ。

結婚とは貴族にとって家の格を安定させるための手段であって、互いの気持ちは関係がない。

スザンヌはチャールズのことしか知らず、彼にしか抱かれることなく、一生を終えるはずだ。

そう思っていた。

――恋なんて、必要ないもの……！

心の中で叫んだとき、頬に触れられた。

ヴィクターの吐息が唇にかかる。

愛《いと》しげに触れられているのを意識した。女として、大切に扱われている。それを感じ取っただけで、息もできなくなるようなときめきがこみあげてくる。目がくらみそうだ。

――だけど、これは罠だわ。

唇が触れそうになる寸前にそんな思いが飛来し、全身の呪縛が解けた。

「放しなさい、無礼者……！」

婚約者のいる女性に無理やりキスしようとするなんて、紳士のすることではない。

そう吐き出すなり、その美しい顔を気迫をこめてぶっ叩《たた》こうとした。だが、そうなるのを見越していたかのようにヴィクターはすっと身を引いた。

――え？

目標を失ったせいで、スザンヌのてのひらはぺちん、と間が抜けた音を漏らした。

それでも、どうにか頬に当たったのは、ヴィクターのせめてもの情けのように思えた。

「あ」

呆然と、スザンヌはヴィクターを見た。

この男は何もかも見透かしている。こんなふうに思うのは、考えすぎだろうか。なんでこんな恋のレッスンを、ヴィクターが仕掛けてくるのかわからない。だがこの男は危険だ。何かがおかしい。

混乱しきって頭の中が整理できなくなったスザンヌは、ヴィクターの肩を押しのけて椅子から立ち上がった。警戒しながら窓辺に立ち、腕を組んで距離を保つ。

ヴィクターは痛そうなそぶりも見せず、むしろスザンヌにぺちんと叩かれた頬を大切そうにてのひらで包みこんだ。

「無礼を働いて、申し訳ありません。君の心の準備ができていないようですから、今日のレッスンはここまでです。ですが、私は君の『支援者』です。この先、君がルーシーに打ち勝ち、最悪の結果から免れるために、私は君を全力でサポートするので、そのつもりで」

「は？」

ひどく混乱した。

支援者、などという存在は、預言書には出てこなかった。手助けなど、誰かに頼んだつもりはない。

「あなた、何を知っているの？」

返事はなく、美しい顔で意味ありげに微笑まれて、鼓動が乱れた。

王立魔法学園に通っている生徒には、全員、寮生活が強制されている。

寮には豪華で広い特別棟があり、そこでは使用人まで使うことができる。スザンヌやチャールズはその特別棟にある特別室で暮らしていた。

好き嫌いが多く、贅沢《ぜいたく》な食べ物を好むチャールズは、さらに特別棟の一角に食事室を作らせ、自分の料理人に食事を作らせていた。スザンヌはチャールズの婚約者だったから、そこに行けばいつでも食事を出してもらえる。

その料理はとてもおいしかったから、チャールズと親しくなる必要を感じたスザンヌは、ゲームが始まってからは毎朝、そこに顔を出すことにした。

――チャールズとは、本当はあまり会いたくないんだけど。

何しろチャールズはわがままだ。そもそもここに食事室を作らせたのも、他の生徒と同じところで食事はできないだの、皆が使う食器と同じものを使いたくないなどという理由だ。

そのくせ外面だけはいいものだから、彼がどれだけ他の生徒を本心ではバカにしているのか、あまり知られていないだろう。

そんな態度に触れるたびに、スザンヌは心がひんやりとする。チャールズが愛しているのは自分自身だけだ。他人はすべてチャールズの引き立て役であり、都合が悪くなったらいつでも切り捨てる対象だった。スザンヌもいつ切り捨てられるか、わかったものではない。

――この人、心が氷みたいなのよ。

それでもチャールズの婚約者でいることが、スザンヌの目指すエンディングだ。

その日は、外部から高名な魔法使いを招いての特別授業だった。

目くらましのような爆発から城壁を砕くほどの大爆発までコントロールできるという大魔法使いの授業は抽選制であり、相当な倍率だった。

何せ初年次から卒業次まで、学年を問わずに受講できる。

その身分から密《ひそ》かに優遇されているチャールズやスザンヌがその授業を取れたのは当然ともいえたが、ルーシーまでちゃっかり参加しているところに、さすがはゲームだとスザンヌは感心した。

――ここで、次のイベントが来るはずなのよ。ルーシーのお色気イベント。ルーシーはチャールズと同じ班になって、魔法の練習をしているときに、ちょっとしたミスで思っていたよりも大きな爆発が起きるの。

その爆発からチャールズをかばったルーシーだが、爆風によって制服が淫らに破ける。それを見たチャールズが、その色香とかばわれた恩によって、ルーシーへの親密度をさらに上げていくのだ。

――だけど、そうはいかないわ。ここで私が、華麗に邪魔をするのだから。

その班とは隣の班に配属されたスザンヌは、隣のテーブルにいる二人をさりげなく観察しながら、頭の中で作戦を練る。

だが、魔法使いの説明は、わかりやすく頭の中に入ってきた。この学園での、古ぼけた教科書を読むだけの魔法の授業とは違って、特別授業はとても興味深い。

だからこそ、隣のテーブルの実験の邪魔をすることよりも、まずは自分で試してみたくてたまらなくなる。

「はい！　でしたら、まずはおのおので、呪文を練ってみて」

魔法使いにそう指示された途端に、スザンヌはすくっと立ち上がった。手の中に呪文を吹きつけ、それを編んで小さく縮め、床に放り投げた。

それはくるくると回って、最後にぱあんと小さな音を立てて砕けた。

――うまくいったわ！

上々の仕上がりににっこりと笑う。

「すごいわ。スザンヌさま」

「私もやってみたいわ」

同じ班の生徒たちが、スザンヌを真似《まね》て熱心に練習を始める。

だが、なかなかうまくいかないようだったので、懇切丁寧に説明していたときだった。

「きゃっ！」

隣の班でやや大きな爆発が起きたのと同時に、悲鳴が聞こえる。薄れつつある煙の中で、スザンヌはその中心に誰かが倒れているのを見た。

きわどいどころまで見えそうなぐらい、スカートの裾がまくれあがっているのが目に飛びこんできた途端、反射的にスザンヌは、準備してあったブランケットをつかんで駆けつけた。

倒れているのが誰だか見定めるよりも前に、ブランケットを広げてその足を隠す。それから、間近から呼びかけた。

「大丈夫？」

そこで倒れていたのは、ルーシーだった。

うっすらとルーシーが目を開いたので、ホッとする。

すっかり隣のテーブルに気を払うことを忘れていたが、予定通りのイベントが起きていたのだろうか。ルーシーの制服は胸元が避け、太腿《ふともも》もきわどいところまでめくりあがっていたが、スザンヌがいち早く駆けつけたせいで、その姿は男子生徒に見られずにすんだはずだ。

「だい……じょうぶ、……です」

「医務室で見てもらったほうがいいわね。運ぶわよ」

さすがに自分の力では、抱き上げて運ぶことは不可能かもしれない。

助けを求めて周囲を見回したが、ここでこの役目をチャールズにさせてはならない。

その意図を読み取ったかのように、人々の間から現れたのはヴィクターだった。

今まで、彼がこの教室にいることすら気づかずにいた。驚くほどこの男は、気配を殺すことに長《た》けている。

ヴィクターは万が一のときの病人を運ぶときのために、実験用の教室に備えつけてあった車輪付きの椅子を押し出してきた。

「これを」

これなら、スザンヌでも運べる。その意図を理解して、スザンヌはにっこりとヴィクターに微笑みかけた。

「ありがとう」

それから、ルーシーに向きなおった。

「ルーシーさん。一人で乗れる？　無理なら、私が」

「だい……じょう……」

「無理しないくてもいいのよ。肩を貸すわ」

甲斐甲斐《かいがい》しくスザンヌはルーシーの脇に膝をつき、肩を貸しながら彼女が立ち上がれるようにしてやる。

制服の避けたところから肌が見えないように、ブランケットでかばいながら、椅子に座らせた。

そのときに嗅いだルーシーからの甘い匂いや、ほっそりとした柔らかな身体の感触にドキッとする。同性ですら惑わすぐらいだから、この役目をチャールズにさせなくてよかったと、心の底から思った。

——あの浮気男にこんなことをさせたら、一発で落ちるわ。危険だったわ。

座らせたルーシーをブランケットですっぽりとくるみなおしてから、スザンヌは満足気にうなずいた。

「医務室に行ってきますわね！」

「え？　あ、ああ、よろしく頼みます」

この特別授業の責任者である魔法使いは、おろおろしていただけだった。教えるのは上手だが、実務にはあまり向いていないらしい。

彼の許可を得て、スザンヌは車輪付きの椅子を教室の外に連れ出す。

医務室までの廊下をルーシーの座った椅子を押して歩いているときに、ルーシーがおずおずと話しかけてきた。

「あの、……スザンヌさま……」

「何？」

「ありがとうございました。……おかげで、醜態をさらさずに、すみました」

車輪のついた椅子を押す角度からも、ルーシーの首筋が赤く染まり、小刻みに指先が震えているのが見えた。さすがに大勢の男子生徒たちがいる前で、恥ずかしい姿をさらしそうになった衝撃が残っているのだろう。

そんなルーシーに気づいて、スザンヌはふと足を止めた。

その震えが収まるように、背後からぎゅっと抱きしめてあげる。

「いいのよ。困ったときは、お互い様よ」

ルーシーに恨みはない。

ただ悪役令嬢としての破滅から、自分は逃れたいだけなのだ。


その日も放課後になるなり、スザンヌが向かったのは、いつもの絵画用の教室だった。

医務室に連れて行ったルーシーは大した怪我《けが》もなく、ほどなく一年の教室に戻ったらしい。それを知っていたから、今日の放課後もルーシーは薔薇園に現れると踏んだのだ。

窓辺にたどり着いたスザンヌは、遠見のレンズを目に当てて、薔薇園の中を見回す。ルーシーはすぐに見つかったが、チャールズの姿はない。ルーシーはぽつんと一人で所在なさそうに座っているだけだ。

――あら。どうしたのかしら。

じきに現れるだろうと待っていたのだが、なかなかチャールズは現れない。

不思議に思っていると、不意に耳元で声がした。

「どうして王太子が薔薇園に現れないのか、その理由がわかりますか」

飛びすさるようにして振り返ると、そこにいたのは黒髪に琥珀色の瞳のヴィクターだった。

やはり彼は気配を殺すのが上手《うま》い。部屋に入ってきたことにも、気がついていなかった。

スザンヌはあからさまに横に移動して、ヴィクターとの距離を保つことにする。前回、その腕の中に閉じこめられたときのことを忘れてはいないからだ。

「あなたなら知っているというの？」

ヴィクターは逃げたスザンヌを追うことなく、窓から薔薇園を見下ろしながら言った。

「もちろん。何故なら、『支援者』ですから」

ヴィクターは柔らかく微笑んだ。何もかも見透かしているような、超然とした表情に見える。

その目で見つめられているだけで、昨日のように鼓動が騒ぎだした。

「今日の、特別授業での出来事です」

「どういうこと？」

「予定では、今日の特別授業でルーシーが王太子を助け、色っぽい姿をさらすことで、彼の興味を惹きつけるはずでした。ですが、君がいち早くルーシーを助けたことで、一同の興味および王太子の興味は、君に集中した。テキパキとした指導力のある姿を見せたことで、君への王太子の興味の数値が上がった」

「……え」

　とにかくルーシーの恥ずかしい姿を同性として隠してあげようとしたのだが、そんなふうになるとは思わなかった。

「なかなか、今日の対応はよかった。私などでは、ルーシーの色香に王太子が惑わされないために、君がより色香を漂わせることとしか思いつかなかったのですが、今日の手は有効ですね。……王太子は浮気性ですから、今は君のことが気になっています。その証拠に、今、薔薇園に現れない」

「そんな、……ふうになるの？」

　思いがけない展開に、スザンヌはびっくりする。チャールズが現れないのは、今日の自分の言動の結果だというのだ。

　ヴィクターが言っているのは事実だろうかと、まじまじと眺めてしまう。

学園の制服を身につけた、長身のハンサム。神秘的な色を宿す瞳が印象的だ。黒は闇の魔法と通じるから、少し物騒にも感じるが、彼にはこの世界を本当に見透かす力があるのだろうか。

気づけばその目や、秀麗な眉の形。削げた頬や、その頬に乱れかかる黒髪を、視線でなぞっていた。

　――だけど、うさん臭いわ。信用してはダメよ。

　スザンヌの警戒を読み取ったように、ヴィクターは言葉を重ねた。

「運命は変えられます。君に悪役令嬢破滅エンドを迎えさせないために、私が力を貸すのを受け入れて欲しいのですが」

「何のために？」

祖母なら、力を貸すのは愛しい孫を救うためだとわかる。

だけど、会ったばかりのヴィクターの狙いがわからない。

「何のためにって、そうですね。どう説明すればいいのやら」

困惑したようにヴィクターはつぶやく。まさか理由もなく、他人に力を貸すはずがない。

何を隠しているのだと視線を鋭くすると、ヴィクターはろくでもないことを思いついたかのように目を輝かせた。

「教えてもいいですが、そうしたらお礼をいただけますか」

「お礼の内容によるわね」

「私は君に、色気というものを教えたい。君はこれほどまでに魅力的なのに、王太子に君の魅力が伝わっていないことを、常々悔しく思っておりました。だけど、君がその気になって誘ったら、その魅力に逆らえるものはいないはずだ。私に、キスへの誘いかたを教えさせてください。それをレクチャーできる権利をいただけるのなら、私の知っていることは洗いざらい話しましょう」

ろくでもないことを言っているくせに、ヴィクターの声がひどく甘いことに困惑する。

その深い色をした瞳で、懐柔しようとするかのようにのぞきこまれると、ぞくりと身体の奥が痺《しび》れるのだ。

そのいちいちに強引にときめかされる。顔のいい男は、ここまで始末に負えないのだと初めて知った。

ヴィクターは口説くように言葉を重ねた。

「君には神秘的な美貌があり、賢く、行動的です。そんな君に、唯一欠けているのが色香なのです。その色香を身につけるために、キスを」

「あなた、自分がどれだけまともじゃないことを知っているのか、自覚ある？」

「ですが、君の行動力に王太子が目をとめたのですから、次なる手はキスです」

「だから、もうキスにばかり固執しないでよ！」

キスと言われるたびに、ヴィクターの唇に意識が惹きつけられた。その唇と自分の唇が触れ合ったら、どんな感触がするのだろうかと考え始めてしまうからマズい。

ヴィクターは甘く笑った。

「王太子の心をつなぎとめないと、君のこの先の人生が惨めなものになりかねない。君もわかっているはずです。本当はあの男から自由になりたいのに、それはかなわない。ですから、あの男を君の虜《とりこ》にして、好きにあやつれるようにしておくのが、次善の策です」

いつの間にかスザンヌとの距離を詰めていたヴィクターの手が、スザンヌの顎を下からそっとすくいあげた。

触れられたことで、ヴィクターの手がやけに大きいことを意識する。男性の手だ。

その気になれば振り払えるはずなのに、全身が甘い感覚に包まれつつあった。ドクン、ドクンと乱れ始める鼓動を意識しながら、スザンヌは気丈に言い返した。

「私をチャールズさまとくっつけるために、あなたは余計なおせっかいを焼いているの？」

「そうです」

「何のために？」

「君を助けたいからです。君にとって大切なのは、とにかくゲームに勝つこと。そのためには、王太子の心をつかんでおかなければならない。それが君の安全を保証します。どんなに意にそぐわなくても、王太子に媚《こ》びて、その心に入りこむしかありません」

その残酷な言葉が、ゆっくりと心に染みてくる。

——そうよ。そうするしかないの。

それでも、胸の痛みと、叫びだしたいような狂おしい反発がこみあげてくる。

幼いころに婚約者を押しつけられるのではなく、自然と好きになれる人と恋がしたかった。

公爵令嬢に生まれた身で、そんなふうに望むのは間違っているのだけれども。

「チャールズさまなんて、……本当は、かけらも好きじゃないのよ」

ぽろりと、そんな言葉が漏れた。

ヴィクターは柔らかく受け止めて、そうですね、と同情したように笑ってくれた。その言葉に、泣きだしそうになる。

ヴィクターとキスするつもりになったのは、そこでそんなふうに言ってくれたからかもしれない。

「だったら、キスしてもいいわよ」

そんな言葉が、口から漏れた。チャールズの心を惹きつけたいというよりも、裏切ってみたい気持ちのほうが強かったかもしれない。

ヴィクターの手に顎を預けて、目を閉じる。ろくでもないことを承諾してしまった緊張のあまり、閉じたまつげが小刻みに震えていた。

――まさか、キスしないわよね。

頭の中で、そんなふうに考える。

だけど、吐息が唇にかかった直後に、軽く唇が触れ合う感触があった。

「……っ」

唇から、全身にざわっと甘い痺れが広がる。唇を押しつけただけで、ヴィクターは動かない。スザンヌのほうもピクリとも動けなくなっていた。息をすることも忘れ、ただ固まっていることしかできない。だからこそ、唇が触れ合ったところに全感覚が集中している。

初めての感触に、ざわざわと全身が騒いでいた。

気が遠くなるような時間が流れた後で、ヴィクターが顔を引いた。キスしていたのは、ほんの短い間だったかもしれない。それでも、唇と唇が触れ合った感触だけは、全身に刻みこまれていた。

ひどく呼吸が苦しくて、スザンヌはあわただしく呼吸した。

完全に全身から力が抜けている。

スザンヌは立っているのもつらく感じて、へなへなとすぐそばにあった椅子に座りこんだ。

「はぁ」

両手で顔を覆う。今さらながらに後悔が押し寄せ、同時に顔が真っ赤になっていく。

どうしてこんなことになったのか、よくわからない。まるで魔法にかけられたようだ。

ヴィクターはスザンヌに寄りそうように窓辺に立った。彼の声だけが、柔らかく響いた。

「この世界でゲームが始まっています。すべては、予定されていた形に展開していく。ゲームの展開は大筋では変わりませんが、一本道ではありません。ですから、ゲームの登場人物であっても、ストーリーに干渉する余地があります。君が特別授業でチャールズの興味を惹きつけたために、彼が薔薇園に向かわなかったようにね。だけど、物語の見えざる力が、その間違いを修正することもあります。たとえば、今のように」

意味ありげに窓の外に視線を向けられたので、スザンヌは気になって立ち上がり、ヴィクターの横に並んだ。

窓から薔薇園を見下ろす。だが、ルーシーもチャールズもそこにはいない。

「見るのはそちらではありません。あの、噴水のあたり」

言われて視線を移動させると、少し離れたところにあった噴水のそばで、チャールズがルーシーに近づいていくところだった。

二人はこんなところで出会ったことに、驚いたようすだ。だが、すぐに親しく会話を始めている。

しっかりと確認したくて、スザンヌは遠見のレンズを目に当てた。

チャールズは最初はぎこちなかったが、ルーシーの言葉に応じて笑顔を取り戻し、だんだんと二人の距離が縮まっていくように感じられた。

じきに二人で、噴水の縁《ふち》に座る。そのとき、二人の手は重なり合っていた。

それを観察していたスザンヌは、ヴィクターに確認せずにはいられない。

「はからずも私は今日、チャールズさまの気を惹いたようだわ。そのことで、チャールズさまは今日の放課後、薔薇園に通うのを止めた。それでも二人はこうして顔を合わせ、親密度を上げている。今後、こうして物語の見えざる力が働いたとしても、二人が親しくなるのを阻止できるの？」

阻止しなければならない。

ルーシーにチャールズを奪われたら、スザンヌを待ち受けているのは破滅だ。ヴィクターにそそのかされて、キスなどしている場合ではない。

「残念ながら、二人が顔を合わせるのはこれで十回目です。ルーシーは会話の選択もミスなくこなし、親密度をマックスまで上げました。それによって、次のイベントへのフラグが立っています。次のイベントは、城下町での逢いびき。今、ルーシーが王太子を誘っています」

あわててスザンヌは、噴水に視線を向けた。

遠見のレンズ越しに、ルーシーが楽しげにチャールズに話しかけているのがわかる。

『本当ですか？　いいところを案内しますよ！　あ、ですけど、チャールズさまは目立つから、地味な服装で来てくださいね』

スザンヌは読唇術によって、その言葉を把握する。

ルーシーの生き生きとした表情が、可愛らしくもあった。少し頬を赤らめ、目をキラキラさせている。こんなふうに恋する少女の表情は、たまらなく人を惹きつけるものなのだと、あらためて感心した。

――私にはないわね。こんな、……表情。

弾ける若さと、相手のことが大好きだという態度。そしてルーシーは、王太子として育ったチャールズが、初めて接する『興味深い平民の女』なのだろう。

ぎゅっとルーシーに手を握られてお願いされたなら、格好つけのチャールズは城下町への逢いびきを承諾しないわけにはいかない。ルーシーが城下町について語るにつれて、チャールズが興味を惹かれていくのが見てとれた。

また疑問が湧きあがったので、スザンヌはのぞき見しながらヴィクターに尋ねた。

「ルーシーは、……ゲームのことをどこまで知っているの？　意図的にチャールズさまをたらしこんでいるようにも見えるんだけど」

ルーシーにどこまで自覚があるのか、気になった。

「どう思います？」

「恋する顔を上手に取り繕ってはいるけど、やっぱり目が冷静なように思えるわ。演技しているように感じるの。だけど、チャールズさまには見破れないぐらいの、見事な演技よ」

何より色気があるし、ボディタッチも巧みだ。ルーシーを見ていると、自分に足りないものが何だか、だんだんと理解できてきた。

「確かめたわけではありませんが、おそらく、ルーシーも私と同じ転生者です。前にすれ違ったとき、目が合いました。おそらく、彼女も私に何かを感じ取ったはず」

テンセイシャ、とスザンヌは口の中でつぶやく。

ごく当たり前の言葉のように口にしていたが、それは祖母と同じ能力を持った人たち、と考えていいのだろうか。

「ルーシー、あなたがテンセイシャだと気づいたことで、なんか言った？」

「いえ。『隠しキャラか？』とはつぶやかれましたが」

「隠しキャラって何なの？」

祖母がスザンヌに残してくれた預言書の項目の中には、そんな項目はなかった。『テンセイシャ』という単語もない。

不思議に思ってじっと顔を見ると、ヴィクターは口元をほころばせた。その年齢にはそぐわない、優しくて包みこむような表情を浮かべる。

「私はルーシーの攻略対象ではないということです。ですから、ルーシーが私に興味を持つことはありません」

「そう。だったら、安心ね」

よくわからないながらも、スザンヌはうなずいた。

何だか少しずつ、ヴィクターが自分の中で存在感を増していくのがわかる。最初にヴィクターに抱いていた得体のしれなさは、祖母と同じような人間だと理解したことで、だんだんと解消しつつある。

祖母に教えてもらった概略によると、ルーシーはこの学園で『乙女ゲー』を行う。

主人公であるルーシーは、この学園に通う何人もの魅力的な男性と出会い、彼らとの愛をはぐくんでいく。そして、意中の相手と幸せなエンディングを迎える。

チャールズ以外の攻略相手についても、祖母の預言書には書かれていた。

騎士隊長の息子であるクレメントや、宰相の息子である賢いヴァレンティン、偏屈な魔導士のアンチュールなど、女子生徒に大人気の魅力的な相手ばかりだ。

――ヴィクターもすごく麗しいのに。

そんなヴィクターがどうしてルーシーの攻略対象でないのか、不思議だった。だが、攻略対象ではないと教えられたことで気が軽くなる。

スザンヌは祖母の預言書を手繰り寄せた。

「この先の展開を、確認しておきたいの。おばあさまは、ルーシーとチャールズさまの個別のルートが開かれるのは、十日間の薔薇園通いにおいて、親密度が規定の数値を満たした後、って預言しておられるわ」

　ヴィクターはうなずいた。

「問題なのは、これからです。個別のルートが開いたので、明日、二人は城下町で逢いびきすることになります。王太子の目に、城下町は新鮮だ。誰も自分のことを知らないし、王太子という身分に縛られることもない。だから、とても解放された気分になります」

　ヴィクターはよく見知ったことのように、語った。

「楽しく二人は一日を過ごし、町の食堂に入って夕食を取ります。だけど、居酒屋を兼ねたその店で、二人は荒くれものにからまれることに。荒くれものからルーシーを助けるときに、王太子は怪我をします。そんな王太子をルーシーは町はずれの小屋につれていって、『癒やしの魔法』を施します。それによって二人の愛はさらに高まり、そのまま婚前交渉に」

「婚前交渉は、マズいわね」

「そうなったら、君に勝ち目はありません、スザンヌ」

「だったら、その前に何としても邪魔しないとならないわ。どうすればいいかしら。まずは、チャールズさまを逢いびきの場に連れ出さないこと？」

「そういうのは、わりと無駄です。王太子を薔薇園に向かわせないように、私も何度か挑戦したんです。ですが、ことごとく失敗しました。用事を作って引きとめてみたり、いっそ物理的に阻止しようと、足を狙って椅子を転がしてみたりもしたのですが。それこそ、物語の見えざる力が働いているのかと」

「チャールズの足を狙うなんて、無茶するわね。あの人、腐っても王太子よ。バレたら、いくら学園内の出来事といえども、牢獄《ろうごく》にぶちこまれるわ。下手をしたら、死罪よ」

呆れたように言いながらも、ヴィクターがそこまでしてくれたことに内心では感動していた。

同時に、不安になる。

「物語の見えざる力が働くのなら、この先、阻止できるの？」

「前半の親密度を上げていく部分は、とにかく会わなければ何も話が進みませんから、阻止できる部分が少ないのではないかと推測しています。ですが、個別ルートが開いてからなら、もしかしたら」

——もしかしたら？

そんなにも不確かな問題なのだろうか。

だが、ヴィクターは冷静に言葉を継いだ。

「やらなければ、君は破滅です。この逢いびきイベントで何より大切なポイントは、荒くれものからルーシーを守るところでしょう。本気で守られたことで、ルーシーに王太子の気持ちが伝わり、一気に愛が深まります。王太子のほうも、自分が我が身も省みないほどルーシーを大切に思っているのだと錯覚して、のぼせあがります。ですから、阻止すべきなのは、この居酒屋での出来事かと」

「そうね。チャールズさまは今まで、命がけで何かを守るなんて、体験したことがないはずだわ。外に出るときには、いつでも護衛がいるから」

「もしかしたら、殴られるのも初めてでしょうか」

ヴィクターが人の悪い笑みを浮かべる。

思わず、スザンヌもにっこりとした。

「たぶんね。あの人、顔を傷つけられたら、すごく怒るはずよ」

「王太子一人で、荒くれものたちを撃退できるのか、いささか疑問ではありますね」

「チャールズさまは、それなりの剣の使い手よ。剣さえ抜いたら、たぶん……。どうかな」

急に不安になったのは、御前イベントなどでチャールズが勝ち抜いてこられたのは、王太子だからと相手が手を抜いたせいだと思いあたったからだ。

チャールズはそれに気づくことなく、優勝して有頂天だった。

「……負けるかもしれないわね。配慮のない、荒くれものが相手だったら」

「ですが、物語の展開からすれば、王太子が負けるとは思えない。初めて自分一人の力で相手に立ち向かうことで、そうさせたルーシーとの愛が高まるという筋書きですね。いささか、陳腐ですが」

そのときヴィクターが浮かべた表情が、スザンヌには不可解に思えた。かすかな照れくささと同時に、後悔も含んでいるような。どうしてヴィクターはそんな顔をするのだろうか。

引っかかりはしたが、それよりも大きなイベントを前にして緊張のほうが強かった。

「だったら、荒くれもののイベントを、何が何でも阻止しなければならないわね」

チャールズは単純だから、そんなふうに自己愛を高めるような体験をしたら、ますますルーシーにのぼせあがることだろう。ヒーローらしい行動をした自分に酔いしれ、その後もスザンヌとの婚約を破棄するという、破天荒な行動に出る可能性が高くなる。

「でしたら荒くれものが、とにかく王太子に近づかないようにするために、注力しましょう。荒くれものさえ登場しなければ、ルーシーがさらわれることもなく、王太子は殴られず、二人の仲が深まることもない。町はずれの小屋で、傷を癒やす必要もなくなります」

どう行動すればいいのかが理解できて、スザンヌは力強くうなずいた。

「だったら、うちの実家の騎士たちを大勢連れていくわね。荒くれものが、居酒屋に近づかないように」

「いえ。大がかりに人を動かすのは、できるだけ避けてください。この世界がバランスを取ろうと、反発する可能性があります。二人っきりで、目立たないように動くのが一番です。荒くれものは、私が排除します」

「あなた、強いの？」

先ほど、チャールズの御前試合でのインチキを思い出していただけに、思わずつっこんでいた。

ヴィクターは余裕のある笑みとともに、軽く肩をすくめた。

「それなりには」

「いきなり荒くれものに殴られて、地面に転がったら許さないわよ。荒くれものを排除できるかどうかで、私の運命も変わるんだから。だけど、いざとなれば、私が出るわ」

「君は強いんです？」

ぎょっとしたように尋ねられて、スザンヌはふふんと笑ってみせた。

「チャールズさまが御前試合で最後まで競り合った、顔を隠した謎の騎士が私よ。さすがに優勝したらマズいから、最後にはチャールズさまに花を持たせてあげたけど」

「すごいですね」

感心したように、ヴィクターが言う。スザンヌは祖母の預言に従い、何かあったときに自力で対処できるように、努力を重ねているのだ。剣の腕を磨いたのも、その一環だ。

「悪役令嬢として、当然の処世術よ」

「君も強いのなら、安心です」

「じゃあ、そんな手筈《てはず》で」

剣を密かに二振り、持っていくことも打ち合わせる。スザンヌの分は、ヴィクターが準備してくれることになった。

事情を知っているヴィクターが味方になってくれるのは、とても心強い。

だけど、ヴィクターと親しくなればなるほど、疑問が湧く。

彼は本当に味方なのだろうか。裏切られることはないのか。都合よく現れ、無条件に自分の味方になってくれるのは、少しあやしい。

「どこまで、あなたを信頼してもいいのかしら」

その言葉に、ヴィクターは甘く笑った。

「信頼してください。私は君を破滅から救うために、ここに来ました」

「そんなことをしても、あなたにいいことは一つもないわよ？」

「見返りなど、最初から何一つ期待してはいません。ただ、君が破滅の運命から免れ、健やかにこの先の人生を全うすることができれば、私はそれで満足です」

ヴィクターの笑みは、限りない慈愛にあふれているように思えた。どうして彼は、こんな顔をするのだろうか。

その言葉に嘘はないようだったが、どこか上滑りしているようにも思えてならない。もしかして、ヴィクターは誰かから愛されることを放棄しているのだろうか。

――限りない献身っていえば聞こえはいいけど。

報いなく愛を出していけばいくほど、ヴィクターのほうは空っぽになっていくだけではないのか。

何だかモヤモヤした。

余計なおせっかいばかりして、その礼を何一つ期待しないなんて、そんなのはダメだ。


その翌日。

地味な町娘の服に身を包んだスザンヌは、御者が引く馬車に乗って、侍女と城下町へと繰り出した。

襟ぐりが開いたワンピースに、ペチコートを仕込んである。丈は学園の制服と変わらないから、とても動きやすい。

だけど、色合いは完全に洗いざらしの菜っ葉だ。目立つ銀色の豊かな髪を、色あせた茶色のスカーフで覆い、頬に墨も塗ってある。

——完璧だわ。

侍女に、急いでこの町娘の服を準備してもらったのだ。

実際に町に赴き、着ていたものを上から下まで譲ってもらったと聞いた。だから、布地の擦り切れ具合も、ペチコートのへたり加減もリアルだ。この姿なら誰一人、スザンヌを公爵令嬢だと見破ることはできない。

町はずれでスザンヌは馬車から降りた。そこまで付き添ってくれた侍女と御者に、夕方にまたここで落ち合うことを打ち合わせて、歩きだす。

侍女はこの姿のスザンヌを一人で行かせることをひどく渋っていたが、チャールズと一緒だと言ったら、すんなり通った。

今日は市の立つ日だから、侍女と御者も町に繰り出したい気分もあったのかもしれない。

城下町では同業者協会が幅を利かせていて、普段は店以外での販売は許可されていないそうだ。だが、市の立つ日は特別だ。遠路はるばる運ばれてきた珍しいものが売られるだけではなく、ほそぼそと自家消費をしているものが安く売り出され、それがとても人気だと侍女に聞いた。

城下町は迷路のような路地が入り組み、広い道から狭い道まで、いたるところに露店が立ち並んでいた。

ヴィクターと待ち合わせたところに行くまでの間にも、スザンヌはそれらに目を奪われる。

帽子や被《かぶ》り物《もの》、枕カバーに、珍しい柄の絨毯《じゅうたん》。

公爵令嬢であるスザンヌは店で買い物をすることはなく、店のほうが公爵邸に商品を持って売りに来る立場だ。衣服や帽子などは、完全にオーダーメイドだ。

だから、こんなふうに色とりどりの品が並んでいるのにわくわくした。

歯ブラシに、小物入れに、鍋や調理器具。何に使うのかわからないものもたくさんある。

さらには果物に野菜にはちみつ。魚や塩漬け肉などが、露店ごとに並んでいた。

後でヴィクターにやりかたを教えてもらって、露店で買い物もしてみたい。

——ちゃんと、お金も持っているのよ。

手にしたバッグには、侍女から渡されたお金が入っている。だが、市はスリや泥棒もいるから、くれぐれも気をつけろと言われていた。

町はずれから町の中心部に向けて、石畳の道を進む。次第に人が多くなった。

商人たちが客を呼ぶ声に重なるのは、服や食器、道具や家具などの修繕職人の声だ。さらには露店を持たず、ちょっとしたスペースや広場などで、花を売ったり、胡椒《こしょう》を売ったり、ナッツに栗《くり》や藁《わら》、蠟燭《ろうそく》などを、立ったまま売っている人々もいる。

——すごいわ。

とにかく人々が大勢いて、その活気がすごい。

たまに突き飛ばされそうになりながらも、スザンヌはどうにか、ヴィクターと待ち合わせている広場までたどり着いた。城下町の簡単な地図を渡されていて、聖人の彫像の下で待ち合わせていたのだ。

その前に立ってしばらくしたころ、少し離れたところからやってくるヴィクターに気づいた。

人ごみの中でも、その長身は目立った。学園の制服ではなく、茶色と灰色の地味な行商人のマントを身につけている。それでも、そのハンサムな顔まで隠せるものではない。

歩いている最中にも、女性に言い寄られているのには笑えた。

ヴィクターはどうにか彼女の誘いを振り切り、人々をかき分けて聖人の像まで近づいてくる。スザンヌを見つけた途端、パッと表情が輝いたのには驚いた。

――えっ。

その変化に、スザンヌはドキッとした。迷惑そうだった表情が、ひどく嬉《うれ》しそうなものになったからだ。

そのあからさまな変化を見れば、どれだけ鈍感な女性でもヴィクターに好意を持たれているのがわかるだろう。

だが、本人にはそんな自覚はないらしい。すぐにいつものようにとりすました表情を浮かべて、スザンヌの前に立った。だけど、何だかスザンヌはにやにやしてしまう。

「待たせました？」

「ううん。今来たところ。さっきの女の人は誰？」

ヴィクターにまとわりついていた女性の正体が気になって尋ねると、ヴィクターは肩をすくめた。

「一緒に市を回ろうって、誘われまして」

「私じゃなくて、彼女と一緒に市を回りたいなら、それでもかまわないわよ？」

「私なしで、君一人だけで市をうろつかせるのは、危険ですね。何せ、若い娘をかどかわかす人さらいが、うろついていると聞きますから」

「えっ」

「さらわれたら外国に売り飛ばされて、二度とこの国には戻れません」

「そんなルートはないはずよ」

とはいえ、ヴィクターがいなければ、この市で何もできない。お金はあるが、どんなふうに使えばいいのかわからない。それに何より、チャールズたちの邪魔をするという目的もあった。

――とにかく、何か飲み物が欲しいわ。喉がカラカラなの。

そんな思いとともに、近くを通っていく露天商を目で追う。タンクのようなものを背負って、カップ片手に呼ばわりながら歩いている。

そんなスザンヌの視線に気づいたのか、ヴィクターが露天商を呼び止めた。それから、にっこり笑ってスザンヌに言ってくる。

「まずは、ジュースでもいかがですか？」

「え？　ええ。いただくわ」

答えると、慣れたようすでヴィクターが彼にお金を払った。すると、カップをそれぞれに渡され、くるりと背を向けられた。

露天商が背負っていたのは銀色の円柱状の容器で、そこには蛇口がついていた。

ヴィクターがまずは見本を見せるように、蛇口をひねって自分の分のジュースをカップに注ぐ。

その後で、やってごらん、というようにスザンヌに場所を譲った。

おそるおそる蛇口をひねってみると、透明な液体が出てきた。

それをカップで受け止め、ドキドキしながら蛇口を締めた。露店商は離れていったが、ヴィクターによるとそう遠くにはいかないから、飲み終わったら彼を探して、カップを返却すればいいそうだ。

スザンヌはカップをのぞいた。ピカピカに磨かれたカップの中は、透明な液体で満たされていた。

「これ、……飲んでいいの？」

「ええ。おいしくて、さわやかですよ」

口をつけてみると、少し甘くてさわやかな味を感じ取る。喉が渇いていただけに、そのままごくごくと飲んだ。このような飲み物は、今までに飲んだことがなかった。

「おいしいわ。何かしら、これ」

「ここのはおそらく、甘くなる薬草を煎じてレモンを少し垂らしたもの、です。店ごとに味が違いますが」

感心しながら、スザンヌはカップを空にする。

カップを露天商に返すと、ヴィクターはそっとスザンヌの手をつかんだ。

「では、まずは王太子とルーシーを探しましょうか」

人が多いから、はぐれないようにそうしたのだろうが、スザンヌはつないだ手の感触に気を取られてしまう。ヴィクターはスザンヌよりも、背が高く手も大きい。

「二人がいるところに、心当たりはあるの？」

「市が立っている範囲は、そう広くはありません。探せば、じきに見つかるはずです。二人は目立ちそうですし」

城下町のどこもかしこも市が立っているように思えていたが、だいたいその三分の一の範囲だそうだ。

先ほど待ち合わせた広場を中心に、ヴィクターはスザンヌを案内していく。

道の左右にはびっしりと露店が立ち並び、石畳の路地が迷路のように続いている。人は多く、進むだけでも時間がかかったが、うろうろしている間に見覚えのある二人に気づいた。

「あれ、ですね」

言われて、スザンヌもうなずいた。

チャールズもルーシーも学園の制服ではなかったが、平民のふりをするには二人とも地味さが足りない。チャールズは騎士風のパリッと決めた身なりで、目立つ銀色のマントを身につけていた。ルーシーは平民風だが、やたらと可愛らしくまとめてある。花柄のスカートはむしろ、制服よりもふわふわさせているのではないだろうか。

そんな二人に、スザンヌはダメ出しをせずにはいられなかった。

「あれでは、色合いが心持ち地味になっただけだわ。偽装しようっていう気合いが足りないわ」

「そうですね。そういう意味では、君は完璧です」

手をつないだままのヴィクターが、スザンヌを見てうなずいた。

「当然よ。ちゃんと頬に墨も塗ったし、髪にも粗末なスカーフを巻いたわ。服も可愛らしさ優先で選んだりはしてないわよ。擦り切れ度合いも、本物なのだから」

ルーシーのように、逢いびき相手から可愛く見られようという意識を優先させて選んではいない。

だが、その姿をヴィクターにじっくりと眺められると、じわじわと恥ずかしさがこみあげてきた。

「そうですね。可愛らしさなど、まったく考えていない衣服です」

容赦のないことを言うヴィクターに、スザンヌも負けじと言い返してみる。

「あなたも、かっこよさのかけらもないわよ。しかも、暑くないの？　このマント」

「マントは、刀を隠すためです」

「ああ。護身用ね？」

「ごろつきを退治しなければなりませんからね。王太子のほうも、帯剣しておられる」

言われて、スザンヌはあらためてチャールズの後ろ姿を見た。

「そういうところ、プライドを捨てきれないのよね、あの人」

いくら変装すべきところだとわかっていても、チャールズはさりげなく身分の高さをひけらかし、自分を粗末に扱うな、と言外に伝えるようなところがある。

恋人であるルーシーの手前、格好をつけたい気持ちもあるのだろう。

見つけてからずっとつけていったが、チャールズもルーシーも尾行されているとはさらさら思っていないらしい。一度も振り返ることはなく、周囲を警戒することもなかったから、楽だった。

ルーシーはこの町を熟知しているらしく、見知ったようすで路地から路地へとチャールズを案内していく。途中で楽しげに立ち寄る露店には、若い女性が好きそうなものがたくさん並んでいた。

帽子やスカーフ。色とりどりのアクセサリー。

途中でルーシーが行商人を呼び止めたので何を買ったのか気になっていると、ヴィクターが教えてくれた。

「あれは、シャンプットという菓子です。王冠型のアーモンド風味のクッキー」

「もしかして、噴水のそばでルーシーがチャールズにあげていたのがそう？」

「おそらく」

「どんな味なのかしら」

気がつけば、市を回り始めてからそこそこの時間が経《た》っていた。急に空腹を覚えて、ぐう、と腹が鳴る。

するとヴィクターがくすりと笑って、横を通りすがった行商人を呼び止めた。

「私たちも買いましょう」

彼女も、同じシャンプットという菓子を売っているようだ。

でっぷりと太った愛想のいい女性が、背負った荷物を下ろしながらスザンヌを見て目元をほころばせた。

「別嬪《べつぴん》さん。本当は子ども用だけど、くじを引かせてあげようか」

「くじ？」

「そう。これを回してごらん」

女性が外した容器の蓋に、数字が入った円盤が取りつけられていた。時計の針のようなものが、ゼロの数字を指して止まっている。

言われるがままにその針を回すと、しばらく回ってから五、のところで止まった。

「五倍だよ！　おめでとう！」

そう言いながら、女性は中に入っていたクッキーをたっぷりと紙の袋に入れてくれた。それを受け取り、スザンヌはウキウキしながらそれをかじる。

「おいしいわ」

クッキーは素朴な味ながらも、噛《か》みしめるたびに甘みが増していく。普通に買い物をするよりも、くじがついているほうが楽しみがあるし、いっぱいもらえたらすごく嬉しい。感動しながら、ヴィクターに口走った。

「とても画期的な商売法ね。私が国外に追放されて商人として暮らすようになったら、ああいうくじ付きにするわ！」

「商人として暮らすんです？」

「そうよ。ゲームに敗れたときの対処法も、考えておく必要があるもの」

城下町にやってくるまでは、国外追放になったら終わりだ、と思っていた。だが、こうして生の庶民の生活に触れると、平民として暮らすのもそう悪くはないのでは、と思えてくる。

なおも市の散策を続けるルーシーたちの後を追いながら、スザンヌとヴィクターも市を楽しんでいた。

クッキーだけでは足りない。チャールズたちが別の店で軽食をつまんでいるのを見守っていたスザンヌの鼻孔に忍びこんできたのは、そばにあった露店から漂ってくるおいしそうな匂いだった。

道端でジュージュー焼かれていたのは、塩漬け肉だ。それをパンの上に載せ、溶けたチーズをたっぷりとかけたものが売られていた。

思わず、そちらを凝視してしまう。

「食べます？」

ヴィクターがスザンヌの心をすっかり読んだように尋ねてきた。うなずくと、ヴィクターがそこに近づきそうになったので、スザンヌはあわててそれを止めた。

「今度は、私があなたの分も買ってみるわ」

「かまいませんが、スザンヌ。その手に握られているのは、何ですか？」

「え？」

スザンヌは手を開いて、握っていた銀貨を見せる。ヴィクターは苦笑して、銅貨を二つ、その手に乗せてくれた。

「銀貨だとおつりがなくて迷惑になりますから、この銅貨で」

うなずいたスザンヌはドキドキしながら露店に近づき、愛想のいい店主に初めて自分で注文してみた。店主は愛想よくうなずき、すぐに焼きたてのものを作ると言ってくれた。

それが作られていくのをスザンヌは興味深く見守り、熱々の二つのパンを持ってヴィクターの元に戻る。

とろりと溶けたチーズがあふれそうなぐらい、サービスしてもらった。

「熱いわよ」

店主に言われたのと同じセリフとともにヴィクターに手渡し、自分のものにかぶりついた。口の中に、チーズと塩漬け肉の味が広がる。

使われている甘酸っぱいソースもいいスパイスになっていた。

「おいしいわ！」

スザンヌの屋敷では宴会や夕食会のときに手のこんだご馳走《ちそう》がテーブルを埋めつくすが、こういうもののほうがおいしく感じられるのはどうしてだろう。

舌を火傷しそうなほど、熱いからか。

お行儀も気にせずにかぶりつくのは、とても楽しくもあった。それに、ヴィクターと一緒だということも、味覚を底上げしているのかもしれない。

「おいしいですね」

ヴィクターもパンにかぶりつきながら、屈託なく笑った。彼のこんな表情を初めて見た気がした。気取りのない顔は、いつにも増して魅力的だ。

チャールズはこんなふうに、路上で買い食いをすることはない。今も軽食の店に入っているし。舞踏会でもテーブルがなければ、軽食すら口にしないタイプだ。

――だけど、こういうのもおいしいのにね。

スザンヌはヴィクターに視線を戻した。

だが、唇についたソースを舐《な》めている動きは、少し上品だ。今なら、ヴィクターの正体を少し探れる気がした。

「あなた、城下町にはよく来るの？」

「それなりには」

「家が、近くにあるとか？」

露骨な質問すぎたかもしれない。ヴィクターはその質問の意味を見抜いたように苦笑した。それでも、律儀に返してくれる。

「家はずっと遠くです」

「寂しくない？」

「そんなには。……私のふるさとはとても遠くて、二度と戻れないところにあります。君のおばあさまが生まれた世界のことです。そこで、初めて君を見た」

「え。あなたに会ったのは、……学園の、絵画室が初めてのはずよ」

スザンヌはとまどった。どういう意味なのかわからない。

ヴィクターは塩漬け肉パンの最後の一口を、おいしそうに口に入れた。それがなくなってから、言葉を継ぐ。

「当時は君に触れることもできず、ディスプレー越しに見つめるばかりでした。ラフや立ち絵や、次々と出てくる画像に指示を出しながら、君が現実にいたらいったいどんなふうに話すのだろう。どんな恋に落ちるのだろうと、夢想していました」

ヴィクターの言葉は、ますます不可解だ。

「ディスプレー？」

そんな言葉は知らない。

ただ、スザンヌに向けてくる眼差しはひどく愛しそうだった。すごく昔からスザンヌを知っているというのは、本当なのかもしれない。祖母がスザンヌを見るとき、たまにこんな目をした。

「あなた、チャールズさまのことや、ルーシーのことも昔から知っていたの？　その遠い世界で」

「ええ。彼らのことも、よく知っています」

「だけど、味方してくれるのは、私だけ？」

「君だけです」

ヴィクターの正体は相変わらずよくわからないままだが、今のところはこれで十分な気もした。彼が自分の味方だと、だんだんと肌で理解できてきたからだ。

どんなに市で混雑したところでも、ヴィクターはスザンヌをないがしろにしない。ちゃんとエスコートしてくれるし、待っていてもくれる。それに、ヴィクターがスザンヌに向ける眼差しから、いつでも愛しさが滲《にじ》み出ていた。その目で見つめられるたびに、スザンヌの心はざわめく。

なんでもないように手をつなぐくせに、なかなかその手を離したがらなかったり、さりげに身体を寄せてきていることにも、気づかないはずがない。

——それに、私が好きな色やデザインも、知ってるのよ。

市で売られているさまざまな布や、帽子や小物。そんな中で、ヴィクターはスザンヌに似合うものをいち早く見抜いて、欲しがれば買ってくれる。

城下町に来たのはチャールズとルーシーの逢いびきを監視し、フラグが立つのを阻止するためだ。なのに、こんなにも楽しくていいのだろうか。

そんなことを考えながら、スザンヌも塩漬け肉の載ったパンを食べ終わる。

べたべたになった手を持て余していると、ヴィクターがハンカチを取り出して、丁寧にスザンヌの指をぬぐってくれた。

こんなふうに市を楽しむことができたのも、ヴィクターが案内してくれるからだ。

そのとき、チャールズたちが軽食を終えて店から出てきたので、その後を追う。今度は、ルーシーのためのドレスを古着屋で選ぶようだ。古着屋に二人は入っていく。

そんな二人を追って歩き回っているうちに、だんだんと日が傾いてきた。

市は今日と明日の二日間、開かれるそうだ。日が落ちるタイミングで閉店らしく、あちらこちらの露店で店じまいが始まっている。

だが、これからがスザンヌにとって勝負のときだ。

だんだんと影が長くなっていくのを感じながら、スザンヌは少し離れたところにいるチャールズにぴたりと視線を据えた。

もうじき、チャールズとルーシーは居酒屋に入るはずだ。そこで、荒くれものにからまれるイベントが起きる。それを阻止するために、自分たちは今日一日、二人を追ってきたのだ。

出会った朝の時点より、チャールズとルーシーの親密さは増しているように思えた。それは、後ろ姿だけでもわかる。ルーシーはチャールズと腕を組み、べたべたと身体を寄せ合っているからだ。

――腕、組んじゃうんだ。

このようすでは、深い仲になるまでさして時間はかからないような気もする。

スザンヌはヴィクターと自分との距離を思った。人通りの多いところでは、はぐれないように手をつなぐことがあったが、今は離れている。それが少し残念に思えたが、浮気などするつもりはない。

――だって私には、形だけでも婚約者がいるもの。

ヴィクターと今日一日一緒にいたのは、単に任務遂行のためだ。そんなふうに自分に言い聞かせておかないと、ヴィクターの存在が自分の中で必要以上に大きなものになっていきそうで心配だった。

そんなとき、ヴィクターが不意に顔を寄せてささやいた。

「入っていきました」

耳元で感じた吐息に、ドキリとして飛び上がりそうになる。

だが、必死になって動揺を押し隠しながら顔をあげると、ルーシーがチャールズを先導して、一軒の店に入っていくところだった。そこには、大きな看板が出ている。見上げていると、ヴィクターが解説してくれた。

「ここは、この町の名物宿屋『狼《おおかみ》の牙』軒です。宿泊客以外でも、食事やエールをとるために多くの客が押し寄せます。シチューが名物です」

「店の外で見張る？　それとも、入る？」

漂ってくるシチューの匂いに、誘惑される。

そんなスザンヌのようすを見抜いたのか、ヴィクターは少し笑って、ためらいなく店の分厚い木のドアを押した。

「ここはかなり広いですから、入っても見つかりません。ただし、ドア付近に座りましょう」

すでに店内は大勢の客でごった返していたが、出入り口付近にたまたま空いている席を二つ見つけた。座るとすぐに女店主がやってきて、注文を聞いてくる。

慣れたようすでヴィクターが頼んだのは、サイダー二杯に、名物のシチューにソーセージだった。すぐにジョッキになみなみと注がれたサイダーが運ばれてくる。リンゴ果汁を軽く発酵させたもので、エイミリア産のものは、酸っぱさよりも甘さが際立つ。

ヴィクターと乾杯してジョッを口に運ぶと、歩き疲れた身体にその甘さが染みた。

「おいしいわ。やりきった感じ」

「それは何よりですが、肝心なのはこれからですよ」

「わかってる。これからよね」

ヴィクターがドアのほうを向き、スザンヌが店の中心を向く席に座っている。

ヴィクターに言われて、スザンヌは店内のどのあたりにチャールズたちがいるか探った。

店は広く、大勢の人でにぎわっていたが、彼らは大きな柱を挟んだ奥のほうの席にいた。見通しが悪いから、下手な騒ぎさえ起こさなければ、チャールズたちに見つかることはないだろう。

すっかり市を楽しんでいたが、ルーシーを誘拐しようとする荒くれものを排除するというのが本来の目的だ。

「いつぐらいに、荒くれもの、現れるかしら」

スザンヌは油断なく室内に視線を注ぐ。

いろいろな客がひしめいていた。早じまいした露店主。遠くから、品物を買いつけに来た商人。市を楽しむためにやってきた、近隣の町の住民。この町に住む人々。目的を達したせいか、彼らは楽しげに盛り上がっている。いざこざを起こしそうには見えない。

「今のところ、不穏な気配はないようですが」

そのとき、テーブルにシチューが届いた。

スザンヌが普段口にする肉は、牛や羊、鹿に鶏肉《とりにく》などだ。それを、丸ごとローストやシチューにするケースが多い。この店のシチューは大きく切った肉がごろごろと入っており、口に運ぶと、ほろほろと口の中でほぐれた。何の肉だかわからないが、悪くない。

「おいしいわ」

その言葉に、ヴィクターはにっこり笑った。

「肉の正体は、知らないで食べるのが正解です」

「そう言われると、気になるわね。何の肉よ」

「ですから、秘密ですよ」

その後にすぐに届いたソーセージも、ぷりぷりしていて悪くなかった。スパイスの利いたソースが、その味わいを引き立てる。

「庶民の食事っておいしくないって聞いたけど、そうでもないわね？」

無邪気に口にすると、ヴィクターはうなずいた。

「君に喜んでもらいたくて、おいしいものばかり選んでいます。ただし庶民から貧民になったら、味など二の次になります。生き抜くだけで精一杯、といったところでしょう」

「っていうと？」

「飢えをしのぐことができて、その日一日生きていけるだけでも満足だっていう人も、この国には大勢いるってことです。彼らは肉など滅多《めった》に口にすることはできません」

その言葉に、スザンヌは息を呑《の》んだ。

王都は繁栄していて、貧しいものには施しが行われている。そんなふうに聞かされていた。それでも貧民の暮らしは、想像をはるかに超えて厳しいのだろうか。

言われて、気持ちが引きしまった。

「これから先、そういうことも知ることにするわ」

チャールズと結ばれれば、自分はこの国の王妃となる。この国の大勢の民に、気を配らなければならない立場だ。

そのチャールズ本人は、ここの食事にどのような感想を抱いているのか気になって、人々の間からのぞいてみた。だが、食べ物よりも色気に夢中らしい。ルーシーに顔を近づけて、何やらいちゃついている姿が見えただけだ。

婚約者がそんなふうに、人前で女性と親しくしているのを見ると、げんなりする。

――一度はルーシーよりも私に、気を戻したんじゃないの？　なのに、こんななの？

目の前の誘惑に弱いのだろう。

しかも、人前でべたべたしているから、荒くれものにからまれるのもわかる。

またちらっとそちらを見ると、チャールズがシチューをスプーンにすくい、ルーシーに食べさせているところだった。

「はー」

スザンヌは深いため息をついた。

こんな態度は、あまりにも目にあまる。いっそチャールズは、荒くれものにからまれて、思い切り殴られろと願ってしまう。

「どうかしました？」

ヴィクターに尋ねられて、スザンヌは気持ちを吐露せずにはいられなかった。

「だって、婚約者があんなだもの」

「……ああ」

「あの人、優しくされて、ちやほやされるのに弱いの。女の子と遊ぶのも、ちやほやされるからだわ。勉強しようって誘ってもしないし、とにかく楽なほうにばかり流れるの。まさかそのまま、王になるつもりかしら」

国の将来まで考えると、ますます滅入《めい》ってきた。

尊敬できるところがあったなら、チャールズのことをもしかしたら好きになれたかもしれない。だけど、彼のことを知れば知るほど、げんなりするばかりだ。肩書きで恋はできない。

そのとき、向かいに座っていたヴィクターの気配が不意に変わった。スザンヌが背にしたドアの向こうを透かし見ようとしているような、鋭い目をしている。

「どうかした？」

「しっ」

動きと言葉を封じられたので、スザンヌも背中のほうにあるドアに集中した。

この宿屋自体がやかましいのでわかりにくいが、何やら大声で騒ぎながら、数人の男たちがこの店に近づいてくる気配がある。

それを感じ取ったことで、スザンヌの身も引きしまる。

――チャールズにからみそうな荒くれものを、店に入る前に排除するのよね。

ヴィクターが席を立つ前に、スザンヌは立ち上がった。

まずは自分で対処したいと思ったからだ。祖母に預言書を渡されてから、すべての危機に自分で立ち向かうべく、覚悟を決めて生きてきた。

「まずは、私が」

言い捨てるなり、スザンヌはドアの外にするりと抜け出した。近づいてきた男たちの前に立ちふさがり、ドアの前で腕を組んで身構える。

「あなたたち」

相手は中年の三人組だ。身体を使う職業なのか、全身に分厚い筋肉がついている。酒に酔った荒くれものを相手にするのは怖かったが、ここで撃退できなかったら、スザンヌに将来はない。

今日は地味な菜っ葉カラーで頬に墨もつけてあるから、いつものスザンヌが持つ高貴なる迫力は半減していることだろう。それでも、相手を威圧すべく、目に力をこめた。

もともとの顔立ちと相まって、こうすると迫力が出るらしい。そのことは今までの生活において確認済みだ。

彼らはスザンヌに気づくと、ピタリと立ち止まった。目に力をこめると、気圧《けお》されたようにじりっともう一歩下がる。

スザンヌは彼らのリーダーらしき男に、ピタリと視線を据えた。声も一段低めて、脅すようにしゃべる。

「ちょっと今日は、ごった返しているのよ。別の店で飲んでほしいのだわ」

そんなふうに言い放つと、彼らは動揺したようにささやき交わした。

「混んでる？」

「だけど、この店のエールは絶品だぜ！」

「シチューもな！」

「あと、デザートのアップルパイも！」

――アップルパイ？

この店の味に、彼らは魅せられているらしい。アップルパイは後で食べようと、スザンヌは心に刻む。だけど、彼らには残念なお知らせをしなければならない。

「ダメよ。ここから去りなさい」

スザンヌはすげなく言葉を重ねた。だが、説得に何より有効な現金を、てのひらに載せて差し出すのは忘れない。

今日一日持ってはいたが、つりがないから迷惑だと、ヴィクターに使用を禁じられた銀貨だ。ここで使ってしまおう。

「これで、他の店で飲んで頂戴」

彼らは突きつけられた銀貨に驚いたようだった。

「わかった。もちろん、こいつはいい提案だ」

「いいのか？」

「これがあれば、かなり飲める」

「嬢ちゃん、何者？」

「私が誰かは、どうでもいいわ。……そうね、今は満員だけど、もっと真夜中になったら空くはずよ。そのころなら、アップルパイを食べに戻ってきてもいいわ」

真夜中になる前に、チャールズも自分たちも店を出ているはずだ。

店が満員なのは、中の喧騒《けんそう》から彼らにも想像できたらしい。銀貨をもらったことで得をした気分になった彼らは、がっしりと肩を組んでやかましく歌いながら、店から離れていく。

——よし。最初の一組、撃退できたわ……！

スザンヌはホッと声を吐いた。まだまだ銀貨はある。店に戻ろうとして振り返ったとき、少し離れたところで見守っていたヴィクターに気づいた。

スザンヌに任せておくのが心配だったのだろうか。

「うまくやったでしょ」

近づきながら、スザンヌはくすっと笑う。

世間知らずの公爵令嬢ではあるのだが、金さえ渡せば穏便に対処できることもあるのだと知っている。何故なら、父の公務を見ているからだ。スザンヌには何もわからないと思っているのだろうが、こっそり裏で金を渡し、これで懐柔しろ、なんて案件が今まで何度もあった。

ヴィクターはドアを開いて店内にスザンヌを招き入れながら、褒めてくれた。

「そうですね。頑張りました」

その言葉に、スザンヌはますます嬉しくなる。

いつか国外追放になったときのために、何でも一人でこなしたいという気概はある。だけど実際は箱入りで、何でも侍女にしてもらっている立場だ。

だからこそ、できることが一つずつ増えていくのは嬉しい。

今日、ヴィクターが城下町を連れ歩いてくれたおかげで、できることがいろいろ増えた。これからは一人で買い物もできる。

――国外追放になったら、異国で生き抜かなければならないのだもの。

それは、緊張することの連続に違いない。

それでも一歩成長できたのが嬉しくて、スザンヌは肩をすくめて笑った。

「次も、頑張るわ」

「いや。次は私が」

しばらく店内でくつろいでいたが、不意にまたヴィクターの気配が変わった。

スザンヌも耳をすますと、新たな酔っ払いが店に近づいてきているのがわかる。素早く二人でドアの外に抜け出したが、近づいてきたのは腰に剣を佩いたごろつきだ。

少し怖さを感じていると、スザンヌの前にヴィクターが立ちふさがった。

三人のごろつきたちは、ドアの前に立ちふさがる二人に物騒な顔を向けた。

「なんだぁ？　てめえは」

ヴィクターが静かに応じた。

「悪いですが、今日は貸し切りです。出直していただきましょう」

「ンだとぉ！　てめえの指図は受けねえよ！」

殺気だった一人が腰の剣に手を伸ばそうとするよりも先に、ヴィクターの剣が一閃《いっせん》した。すぐには何が起きたのかわからずにいたが、立ちすくんだ男の帯剣用のベルトが、不意にごとりと剣ごと地面に落ちた。ベルトが見るも鮮やかに、切断されている。

──え！

ヴィクターの剣の素早さと切れ味のよさを突きつけられた彼らは、絶句して立ちすくんだ。酔いが一気に飛んだようだ。

「って、てめえ、何者だ！」

「あなたたちに名乗る名はありません」

そう言い捨てたときのヴィクターは、ぞっとするほどの冷気に包まれていた。

高貴ゆえの冷淡さ。

そんなふうに、スザンヌは感じ取る。人を人とも思っていないから、彼らなど棒のように切り捨てることができる。

自分はそんな身分であるという威圧感が、粗末な服を身につけたヴィクターの全身から漂っていた。

──え。……ヴィクターって、何者なの？

彼を知っているはずのスザンヌでさえ、その気配には威圧される。

やはり、名のある大貴族の子息なのか。

そんなふうに感じ取ったのはごろつきたちも一緒らしく、たじたじと威圧されたようにヴィクターから離れ、切断されたベルトを大急ぎで拾って、我先にと姿を消す。

彼らが戻ってこないのを確認してから、ヴィクターはスザンヌのほうを向き直った。

「もう大丈夫です。店に戻りましょう」

「え、……ええ」

見せつけられたヴィクターの剣の技に、全身が固まっていた。スザンヌもそれなりに剣の練習は重ねていたが、ヴィクターの腕は桁違いだとわかる。

——やっぱり、得体の知れない男だわ。

だが、二人で店内に入ると、ヴィクターは屈託のない態度で新たにホットワインを注文してくれた。

温かくておいしい香料入りのワインを飲んでいると、少しずつリラックスしてくる。だが、スザンヌはさきほどの疑問をぶつけずにはいられない。

「あなた、何者なの？」

それにヴィクターは、あいまいな笑みを返すばかりだ。

艶のある黒髪が、端整な顔に影を落とす。宿屋の雑多な薄暗がりの中にあっても、その顔の陰影は際立って見えた。

出会った当初はスザンヌにキスを仕掛けてきたものの、今日は一線を引いてスザンヌに接しているように思えた。そのふるまいはあくまでも紳士だったから、次第に全面的な信頼を彼に抱きつつあった。

——だけど、……得体の知れない男なの。

知れば知るほど、ヴィクターのわからない部分が増えていく。

さきほど見せた抜刀術は、東方の大陸から隣国に伝わり、今、とても流行《はや》っていると聞く剣術だろうか。父のお抱えの騎士たちが庭で試しているのを見たことがあるが、そんな誰よりもヴィクターの剣の冴《さ》えは際立っていた。

「あなた、特別棟に住んでいるの？」

先ほどの質問には答えてもらえなかったので、新たな質問を突きつけてみる。

特別棟は男子棟と女子棟に分かれている。その共用部分でヴィクターらしき人物を見たことがあった。あわてて後を追ったものの、そのときには階段の向こうに消えていた。

特別棟には、一定の身分と金を持った貴族の子女しか入れない。特別棟にヴィクターがいるとしたら、平民では決してないはずだ。

ごまかされるかと思っていたら、ヴィクターは何でもないことのようにうなずいた。

「ええ。特別棟にいます」

「平民なのに？」

そんなふうに言っていたはずだ。ヴィクターはどう答えようか悩むように視線をめぐらせた。

「いろいろと事情がありまして」

「事情って、どんなのよ？」

「あまり詮索しないでいただきたい。私は君を助けるために、いっとき、ここに現れた存在にすぎません。君は私のことに深入りせず、利用だけしてくれたらいい」

「は？　何を言ってるの。ひと夏で消える虫みたいになるのは、私が許さないわよ」

思いがけない話に、スザンヌは動揺していた。

――いっとき、現れたにすぎないって何よ？

自分がヴィクターに惹かれつつあることを、悔しいことに認識するしかない。なのに、消えるつもりだと言われたら、次のはしごを外されたような気分になる。

――だけど、もともとヴィクターのこと、好きになってはダメなのよ。

恋などするつもりはなかった。なのに、彼と一緒にいればいるほど、その姿に視線が吸い寄せられる。ヴィクターのことをもっと知りたくなる。

――今日は手もつないだし、一緒に塩漬け肉も食べたわ。……すごく楽しかったの。

チャールズとは触れるのも嫌なのに、ヴィクターが相手だと、触れ合うたびに心臓がやかましく鳴り響く。

すでにヴィクターの存在が、スザンヌにとって特別なものになりつつあった。

向かい合ってホットワインを飲みながら、どうしてもその姿に視線を向けてしまう。

艶のある黒髪。形のいい鼻。耳から首筋にかけてのライン。カップを持つ、がっしりとした指の形。手首から肘にかけての、筋肉が浮き出した男っぽい腕。

見れば見るほど、すべてが好ましかった。その大きな手に、指をからませてみたい。そんなふうに思う自分に、とまどうしかない。

「あ。……アップルパイ」

「どうかしました？」

ふと視線を上げると、自分を見つめていたヴィクターの表情の柔らかさに気づいて、ドキッとした。スザンヌがヴィクターを見ていたように、ヴィクターもスザンヌを見ていたのだろうか。

こんなにも優しい顔で、自分を見ていたなんて知らなかった。

愛おしくてたまらないという顔だ。どうしてヴィクターが、自分の婚約者ではないのだろうか。

彼が相手だったら、努力することなく好きになれたはずなのに。

そんなふうに願ってしまう心を、スザンヌは戒める。

――ダメ、よ。

自分には婚約者がいる。

ひたすら破滅の運命から逃れようと、努力しているところなのだ。

「あのね。……さきほどの荒くれものたちが、ここのアップルパイがおいしいって言ってたの」

「だったら、頼みましょうか」

ヴィクターは近づいてきた女主人を呼び止め、スザンヌの分のアップルパイを頼んでくれる。

――甘やかしすぎ。

ドキドキした。

その態度を、チャールズと比べてしまう。チャールズは一度も注文していない。彼らのテーブルに届くのは、ルーシーが注文したものばかりだ。

――仕方ないのよね。チャールズは、甘やかされた王子様だから。

ひたすら破滅の運命から逃れようとしてきた。だけど、本当にそれでいいのだろうか。

ずっと目指してきたハッピーエンドは、悪役令嬢として断罪されることなく、チャールズと結婚して幸せに暮らしました、というものだ。

だけど、チャールズは浮気性で、国を任せていいのか、不安になるほど無能だ。彼と一緒になっても、将来の幸せが見えてこないことにスザンヌは気づく。

ヴィクターになら、正直に気持ちが吐露できるのが不思議だった。

「……私、ね。ずっとお后《きさき》になるために、生きてきたの。だから、礼儀作法や社交については完璧にこなせる自信があるわ。だけど、今になって、そんなものが何の役に立つのか、って考えるの」

学園に通う貴族の子女が、苦労して身につける作法だ。だが、今日一日、城下町を歩いていたときに、そんなものよりも大切なものがあるのではないかと思った。

「もっと知りたいことがあるの。人々の暮らし。どうやって生活を維持して、どうやって稼ぐかってこと」

「商人にでもなるつもりですか？」

からかうように言われて、スザンヌは表情を引きしめた。

箱入りのお嬢様の気まぐれだと、軽く考えられているのかもしれない。それでも今日、城下町で人々の生活に触れたことで、スザンヌの気持ちに大きな変化があったことは事実だ。

「なりたいわね、商人に」

ため息とともにつぶやいた。

今までは、商人というのは自分とは切り離された存在だった。悪役令嬢として破滅する運命を回避することばかり考えてきたというのに、だんだんと破滅の先にある人生を考え始めている。

「……投資の勉強とか、しているのよ」

お嬢様のお遊びだと思われるかもしれないと思ったが、ヴィクターは真面目な顔でうなずいてくれた。

「それは、すごいですね」

「すごい？」

「ええ。世界の動きを知るために、投資から始める方法もあります。経済というのは、世界の動きを左右しますから」

そのとき、ヴィクターが弾《はじ》かれたように席を立った。

その姿を追ってドアのほうを振り返ると、入ってこようとしていた男たちを押し出すような形で、ドアの外に出ていくヴィクターが見えた。あの剣の冴えを知っていたからこそ、スザンヌは椅子に座ったまま、ようすをうかがう。

なかなか戻らないようだったら加勢しようと思っていたが、少し経ってから何事もなかったようにヴィクターが戻ってきた。

「荒くれもの？」

「ええ」

「怪我はない？」

「大丈夫です」

その口調から、確かな自信が感じ取れた。

自分一人だったら、こんなふうに荒くれものをすべて排除できたかわからない。あらためてヴィクターに感謝しながら、スザンヌは室内を見回した。

各テーブルでは人々が多いに盛り上がり、エールやワインを飲んだり、シチューやニシンやタラの塩漬けや燻製《くんせい》、干物などをおいしそうに食べたりしているところだった。

笑い声が大きなところもあったが、今のところ、特に騒ぎを起こしそうな気配はない。

スザンヌの前に、アップルパイが届いた。届いたのは大きかったが、一切れだけだ。

「あなたは、食べないの？」

「ええ。君だけで」

そう言われたので、スザンヌは焼きたてのアップルパイにフォークを突き刺し、口に運んだ。

甘く煮込まれたリンゴの酸味とパイ生地の香ばしさがたまらない。

ここまでおいしいと、ヴィクターにも食べさせたくなった
「すごくおいしいわよ」

スザンヌはフォークにおいしい部分を突き刺して、差し出した。フォークを手に取ってもらうつもりだったが、ヴィクターがねだるように口を開いたので、その口の中に押しこんでみる。

口が閉じてようやく、今のはチャールズたちが先ほどしていた、いちゃいちゃした態度だと気づいた。固まったまま、じわりと赤面せずにはいられない。

――食べさせちゃった……。

ヴィクターも少し恥ずかしくなったのか、その端整な頬にほのかに血の色が広がる。

照れくささが消えるまで二人で沈黙した後で、ヴィクターが言った。

「おいしいですね」

「そうでしょ。さっきの荒くれものたちの情報は確かかね」

今日はずっと、ヴィクターに頼りきりだったから、自分でもおいしいもの情報を入手できたのは嬉しい。

チャールズのほうをうかがってみると、そこのテーブルにもアップルパイが届いたところだっ

た。

またいちゃいちゃと食べさせ合っていたが、先ほど自分たちも同じことをしてしまっただけに、見ているだけでいたたまれなくなる。

チャールズたちの横のテーブルをうかがってみたが、そちらは穏やかな老人たちの集まりのようだ。目ざわりなカップルのことなど、気にもかけていないらしい。

アップルパイを食べ終わった後で、チャールズたちが席を立ったのが見えた。スザンヌたちも会計を済ませ、チャールズたちから少し遅れて店を出る。

日が落ちると、七月上旬の肌寒さを覚えた。

ぶるっと震えたスザンヌの剥《む》き出しの腕が気になったのか、ヴィクターがマントを外して肩にかけてくれる。

「ありがと」

礼を言いながらスザンヌはヴィクターのぬくもりのが残るマントにすっぽりとくるまり、チャールズたちを探した。

本来ならば、あの居酒屋で『荒くれものにからまれて、ルーシーがさらわれそうになる』イベントがあったはずだ。

だが、今の時点ではまだ、荒くれものにからまれるイベントは発生していない。

「これから、荒くれものにからまれる可能性はあるわよね？」

それが心配だった。

多少邪魔をしたところで、このゲームの世界では見えざる力が働いて、物語を予定通り進行させることがある。ヴィクターもそれが気になっているらしく、うなずいた。

「そうですね。その可能性は、まだ十分に残されています」

急いでチャールズを探したら、少し離れた道をルーシーと歩いていた。

スザンヌたちは、その後を追う。何かあったら乱入して、チャールズたちを助けなければならない。

ヴィクターが顔の下半分を布で覆い始めたのは、そのときに正体を知られないためだろう。

スザンヌも顔をスカーフで覆った。ヴィクターから刀を一振り借り、何かあったら自分も加勢するつもりで、心の準備をする。

ヴィクター以上に、自分の正体がバレてはならない。

いつもは日が暮れたら、市街地の人の往来は減るそうだ。だが、今日はとても月が明るく、石畳の道は白々と照らしだされていた。人々はその明るさにも誘われて、大勢外へと繰り出している。

いちゃいちゃしているチャールズに通行人がぶちあたり、あわや、という場面はあったが、喧《けん》嘩《か》にまで発展しないまま、彼らは無事に馬車を停めた宿屋までたどり着いた。

チャールズのための御者が呼ばれ、馬車の支度が調えられていく。

荒くれものがいつ襲ってきても大丈夫なように、スザンヌとヴィクターは少し離れた路地に身を潜めて見守っていた。

別れを惜しんで、ルーシーとチャールズが抱擁しているのが見える。キスしているのかと思うほど、顔の距離が近い。だけど、目をこらしてみたところ、キスまではしていないようだ。

だが、ルーシーにとって、今日の展開は不本意だったのだろう。荒くれもののイベントは起きず、町はずれの小屋での癒やしイベントも起きてはいない。今夜、二人は婚前交渉して結ばれるはずだったのに、そこまでの親密度は上がっていないらしい。

馬車が来ると、チャールズはあっさりルーシーから離れた。別れを告げる声がする。チャールズは一人だけ馬車に乗りこみ、ルーシーを残して去っていく。

——チャールズさまがダメだなって思うのは、こんなところよ。ルーシーを送りなさいよ！

その馬車が走りだすのを確認したスザンヌは、憤慨しながらも大きく息をついた。

馬車を見送っていたルーシーが、がっくりと肩を落としてどこかに歩いていくのが見える。

だけど、ルーシーをここで一人にしてしまうのは、心配だった。

ルーシーが自宅まで戻るのを見送ろうとヴィクターに提案してから、スザンヌは尋ねてみた。

「今ので、荒くれもののイベントは回避できたのかしら」

「おそらく」

無言でルーシーを追う。ほどなくしてルーシーは一軒家に入っていった。ここはルーシーの実家だろうか。

家にあかりがつくところまで確認してから、ヴィクターは言ってきた。

「――君の馬車はどこに？」

「ここから少し離れた町はずれよ」

スザンヌが場所を告げると、ヴィクターはうなずいた。

「次は、そこまで送りましょう」

一人で行けると言いたかったが、見知らぬところを日が落ちた時刻に歩くのは心細かった。迷う可能性もあったので、送ってもらうことにする。それと、少しでもヴィクターと長い時間一緒にいたい。

「あなたはどうやって来たの？」

「馬で。私が馬を止めたのは、君が馬車を待たせている場所の、すぐそばです」

そうは言ったが、ヴィクターがどこまで本当のことを言っているのかわからない。かなりの遠回りでも、ヴィクターなら気にすることなく、送ってくれそうだ。ルーシーを残して一人で馬車に乗っていってしまったチャールズとの違いを、突きつけられる。

町の中心部から離れていくにつれ、人々の姿は極端に減った。

心細くもあったし、人がいないこのチャンスにヴィクターと手をつなぎたくもあった。そんな気持ちはヴィクターにもあったのか、そっとすり寄ってみると手を探って、指をからめてきた。

その感触にドキドキしながら、スザンヌは声だけ陽気な調子を装った。

「どうにか今日は、無事にやりきったわね。あの二人が婚前交渉まで進んでしまったら、その先の分岐はないから、何もかもおしまいだったわ」

「小屋にしけこみそうになったら、そこに火をつける手もあります」

からかうように言われたので、スザンヌは思わず笑った。

「そうね、その手があったわ」

だが、いざそんなことになったら、さすがに火をつけることはできないはずだ。せいぜい、小屋の外でバケツでも叩いて騒ぎ立て、追い立てることしか。

——それも、ずいぶんだわ。

自分の想像がおかしくて、スザンヌはくすくすと笑った。

自分の破滅がかかっていなければ、チャールズが誰と浮気をしようが、気にしなかった。

——だけど、それもどうなの？

そんなふうに思う自分に、スザンヌはゾッとした。

——チャールズは、私の婚約者なのに。

だが、親が決めた婚約者だ。そこに愛があるわけではない。

空に浮かんだ月を眺めながら、スザンヌは深いため息をつく。

政略結婚が冷めきったものだとわかっていたはずだ。なのに、どうしてそれが今さら気になってくるのか。

たぶん、ヴィクターのせいだ。彼と一緒にいると鼓動が落ち着かなくなる。指をからめているだけでも、こんなにもドキドキする。ときめいて、全身が火照る感じを知ってしまった。

たぶん、これが恋だ。

ヴィクターと指をからめたところに、意識が集中してしまう。心臓がそこに移動したみたいだ。誰もいないこの路地を、彼の手のぬくもりだけを感じて、ずっと歩いていたかった。抱きしめられたら、自分はどうなってしまうのだろうか。

ずっと清廉潔白に暮らしてきた。色恋に興味はなかったし、婚約者のいる自分に色目を使ってくる異性には、軽蔑しか覚えなかった。

ずっと凪《なぎ》のようだった心が、ヴィクターと出会ったことで変化し始めている。

——私、……たぶん、ヴィクターのことが、好きだわ。

彼といると、やたらと高揚する。彼の目に映る自分が、できるだけ魅力的であるように願ってしまう。揺れ動く自分の気持ちにとまどいながら、今はヴィクターとのこの時間が終わらないように願っていた。

別れたくない。

こんな気持ちになるのは初めてだった。

それでも、馬車を停めた宿は近づいてきていた。かなり遅くなってしまったから、御者は馬車を引き出して、すぐに動けるように準備を整えていることだろう。

スザンヌは足を止めた。手をつないでいたから、ヴィクターも立ち止まる。月を見上げながら、スザンヌは言った。別れがつらすぎるから、ヴィクターの顔は見られない。

「今日は、とても楽しかったわ。ずっと、城下町に行ってみたいと思っていたの。身分とは関係なく、人々が接してくれたのが嬉しかったわ。私もいつか、あの人たちのように何かを売り歩くことをしてみたいわ」

スザンヌは公爵令嬢で、何をするにも侍女がやってくれる。着替えも一人でさせてもらえないほどだし、お風呂に湯を張ることはもちろん、朝、顔を洗うときの水すら汲《く》んだことがない。

「世間知らずの君に、物売りをさせるのは心配だね。うっかり、君自身も売ってしまいそうで」

「そんなことはないはずだわ」

いくらなんでも、そんな間違いは犯さない。

「ですが、花売りの中には、自分の身も売るものがいます。知っていますか」

「え」

言われて、ハッとした。先ほど通りがかった路地で、花を抱えた若い女性が物陰に潜んでいたのを見た。

あのときには、どうしてあんなところで花を売っているのかと不思議に思ったのだが、彼女たちが売っていたのは花ではなかったのだろうか。

「私は色気がないから、平気よ。あなたにさんざん、そう言われてきたわ」

「当初はそう思ってました。ですが、君はこのところ、ぐっと色気が増してきました。私の手助けなど、必要なかったみたいだ。逆に、目を離すのが心配なほどです」

ヴィクターにそんなふうに言われてドキドキした。色気が増したのは、彼に恋をしたからだろうか。

以前、ルーシーがチャールズに向けていた恋する瞳を、自分もヴィクターに向けているとでもいうのか。

「物売りをすることになったらね、最初だけあなたに手伝わせてあげるわ。クッキーを売るときに、くじをつけるのは名案だと思うの」

ずっと自分の将来は、一つに固定されているものだと思いこんでいた。

チャールズと結婚し、この国の王妃として、期待される役割を果たす。だが、今日、目にしたさまざまな露店や、物売りの姿が目に灼きついていた。自分も彼らのようになれるだろうか。

いさめるように、ヴィクターが言ってくる。

「国外追放になるのは、最後の手です。余計なことは考えず、君にとってのハッピーエンドを目指しましょう。君は王妃になるために育てられてきたはず」

「そうね」

スザンヌはうなずいた。

わかっているつもりだ。

それでも、チャールズと結婚することが、自分にとってのハッピーエンドではないような気がしてきているのだ。

歩きださないスザンヌに、ヴィクターが柔らかく尋ねてくる。

「どうしました？」

「あと少しだけ、月を見ていたいの」

月などどこでも見られる。寮に戻っても、月の姿は同じだ。本当は、ヴィクターともう少しだけ一緒にいたい。

そんなふうに口走ったスザンヌの思いを少しは理解したのか、ヴィクターは指をからめたまま、じっとしていてくれる。

しばらく月を見上げた後で、からめたヴィクターの指に力がこもった。

「……今日、ルーシーと王太子が親しくなるフラグを叩き折ったことで、おそらくルーシーの正エンドは回避できたはずです。次に君がなすべきことは、王太子との親密度を上げておくことなんですが」

ヴィクターのことを思って胸をいっぱいにしているときに、そんな残酷なことを言ってくるヴィクターにずきっと胸が痛んだ。

だけど、これがスザンヌのことを思っての言葉だとわかっている。ヴィクターはスザンヌが破滅しないように、助けてくれているのだ。

「そうね。チャールズさまは単純よ。冷ややかに接すれば冷ややかな対応をするし、気のある態度を取れば、それなりに私のことを気にいってくれるはずだわ。だから、ルーシーみたいに、キスを仕掛けたり、ボディタッチを仕掛ければいいんだわ。……なのにそうしない私を、あなたが焦《じ》れったく思っているのは知ってる」

しゃべりながら、泣きたくなった。チャールズのことより、ヴィクターのことばかり考えてしまう。

「そうです。君が破滅から逃れるためには、王太子の心をつかんでおく必要があります」

ぎゅっと目を閉じて、スザンヌは自分に言い聞かせるように言った。

「できるはずよ。気のある演技。色仕掛け。今度侍女に、色っぽい夜着を買ってきてもらおうかしら。今日、買えばよかったわね。素敵な夜着もあったし、品のない夜着も見かけたわ。あの人は、どっちのほうが好みなのかしら」

言いながら、じわりと涙がにじんだ。だけど、ヴィクターに泣いているのを知られたくなくて、スザンヌはぐっと唇を噛んだ。

チャールズを誘惑し、自分に惹きつけておくことがスザンヌを救う道だ。どれだけ中身がない男だろうが、彼は王太子だ。

――だけど、……私が好きなのは……。

スザンヌは指を動かして、ヴィクターの手をつかみなおした。自分の気持ちがひどく揺れ動いている。

――……ヴィクターのことが好き。

そんな思いが止まらなくなる。だけど、ヴィクターの気持ちがわからない。ヴィクターはスザンヌを助けてくれる。チャールズとのハッピーエンドに導こうとしてくる。

――あなたが助けてくれるのは、……どうしてなの。私のことは、何とも思っていないの？

だけど、スザンヌはヴィクターから確かな合図を受け止めていた。自分を見る眼差しの熱さや、愛しげなそぶりを。

その全身で、スザンヌのことが大切だと伝えてきているくせに、チャールズとくっつけようとするヴィクターの矛盾した行動がスザンヌをとまどわせる。

小刻みに震えるスザンヌの手に触発されたのか、ヴィクターがスザンヌの正面に回りこんだ。だけど、ヴィクターに泣いているのを見られたくなかったから、スザンヌは顔をそむけた。それでもヴィクターから離れたくなくて、そっと彼の肩に額を押しつける。

チャールズとルーシーのように密着することはない。

ヴィクターのほうも抱き返すようなことはしない。

鼻の奥がツンとした。うつむいたまま、スザンヌは声もなく涙を流した。

ここでヴィクターのほうからスザンヌを強く抱きしめてくれたら、別の選択肢も考えることができただろう。だが、ヴィクターは動かない。チャールズと結ばれることこそが、スザンヌにとっての幸せだと頑《かたく》なに信じているからなのか。

——だけどね。女の子にとっては、好きな人と結ばれることこそが幸せなのよ。

ここでキスをして、抱擁して欲しい。

ヴィクターとのキスの感触は、ずっと唇に残っていた。

今でもその甘さを鮮明に思い出すことができる。ヴィクターと離れたらこの先、一生、あのようなとろけるキスを味わうことはできないかもしれない。

ジンジンと胸が痛んだ。

ヴィクターの存在が、チャールズの気を惹くことをためらわせる。自分がひどく不実な人間のように思えた。

そのとき、ヴィクターの声が聞こえてきた。

「ずっと君を、遠くから見守っていました。最高に魅力的な君が、どうして最終的には王太子との婚約を破棄されて、破滅の運命をたどるのか、理不尽に感じられてならなかった。私がこのゲームの世界にいたら、そうはさせない。王太子に君の魅力を最大限伝えて、君が最高に幸せになれるようにするのにと思っていました」

「その願いを、今、……かなえようとしているのね」

ヴィクターは、テンセイシャだ。今でもスザンヌにはその存在がよくわからないけれども、彼が未来を見通す力があることを知っている。

「ええ。奇跡のめぐりあわせによって、君に直接、恋を指南するチャンスが訪れました。キスの仕方、色気の出し方。……君に女の武器を、最大限使ってもらえば、王太子は誘惑できるのだと伝えたかった。……だけど、……今は、……そんな女の武器を使って欲しくないと強く願っている自分がいます。自分がこのように、矛盾した存在になるとは、思っていませんでした」

ヴィクターの声はかすかに震えている。スザンヌはその肩に顔を埋めたまま、残酷な質問を突きつけた。

「女の武器を使って欲しくないって、……どうしてなの？」

その答えを知っている気がする。だから、言って欲しかった。

「どうして、……でしょう」

だけど、ヴィクターはあいまいにごまかした。

「私は『支援者』です。『支援者』は傍観者であり、君の人生に介入してはならない。そんなふうに思っていました。それに、私にとっては君の幸せが何より優先されるのです」

そんなふうに口走りながらも、ヴィクターの声からは苦悩がにじむ。

ヴィクターがしたいのは、スザンヌとチャールズをくっつけて、スザンヌを破滅の運命から救うことだ。なのに、自分がここまでスザンヌに惹かれるというのは、大誤算だったのだろうか。

そんなヴィクターに当初の道を諦めさせるために、スザンヌは思わず言っていた。

「だったら、もう一度、キスの仕方を教えて。チャールズの気を惹くために」

スザンヌのほうも、よくわからなくなっていた。

感情がぐちゃぐちゃだ。もう一度確かめたい。自分はヴィクターとチャールズのどちらを選ぶのか。

だけど、ヴィクターにその気がないかぎり、一方的に自分が好きなだけでは恋は実らない。

肩から顔を上げ、ヴィクターを見た。

スザンヌの言葉に、ヴィクターは目を見開いていた。普段はすました表情ばかり見せているから、ここまで生の表情を見せている自覚がないのかもしれない。

ためらいにヴィクターのまつげが揺れる。それでも、ヴィクターはそっとスザンヌの頬をてのひらで包みこんだ。

「私がキスをしなくても、君は十分に王太子を誘惑できますよ」

「だけど、教えてくれるんでしょう？　そのために、あなたは現れたって言ってたわ」

ヴィクターに傍観者の役割を捨てさせたくて、そう言った。だけど、彼はその立場に固執しているらしい。

キスさえすればスザンヌはチャールズを誘惑するとでも思ったのか、しばしのためらいの後で顔を寄せてきた。

ヴィクターと唇と唇とが触れ合っただけで、目がくらむような戦慄がスザンヌの背筋に抜けた。

「っん」

ぞくっと震える。

やっぱり、好きな相手としかキスをしたくない。そのことを、はっきりと理解した。

すぐに唇は離れると思っていたが、頬をつかむヴィクターの手は外れない。ここまですごいキスをしろとは伝えていなかったと思うのだが、完全にヴィクターのほうは制御を失ったようだ。

何度も唇をついばみながら、背に腕を回して、強く抱きしめてくる。

唇の表面を、ぬるりと舐められた。

「っ……あ！」

神経が灼ききれそうな刺激の強さに、あえぐように唇が開く。それを待っていたかのように、ヴィクターの舌が中に入ってきた。

「ふっ」

口腔《こうこう》内で感じ取る初めての熱い舌の感触に、どうにかなりそうだった。溺れそうになって口を開くと、顎を固定されてより深く唇が重なってくる。

舌と舌が触れ合う感触に、新たな痺れが全身を突き抜けた。

「っぐ、……ん、ん……っ」

混乱のあまり、涙があふれる。涙が頬を伝った。キスがこれほどまでに強烈な刺激をもたらすとは知らなかった。

だけど、嫌で泣いているのではない。ひどく感情が昂《たかぶ》っていただけだ。理屈も何もなく、ただヴィクターとのキスに溺れていく。

口腔内で荒れ狂う舌の感触にすべてが巻きこまれ、頭の中が真っ白になって、何度も感覚がはじけた。

「……っ、ぁ」

めまいまでする。

初めての深いキスに囚《とら》われ、まともに立っていられない。

不意にがくっとスザンヌの膝が崩れたことで、ようやくヴィクターの唇が離れた。だが、全身を強くヴィクターに抱きこまれた。隙間もなく、ヴィクターと身体が重なっていた。

からんでいた舌の感触が生々しく残っていた。身体がひどく熱く、呼吸が苦しい。しばらくは、ただ乱れきった呼吸を整えることしかできない。

涙目で見上げたヴィクターは、情欲に溺れきった顔をしていた。

「君は、……甘い毒だ。……私の我慢など、……まるで役に立たない」

低いつぶやきとともに、さらに強く抱きしめられた。その抱擁に、スザンヌの胸はいっぱいになる。

だが、ヴィクターはすぐにスザンヌの身体を離した。

闇の中で、ヴィクターの苦しげな息遣いが聞こえた。

それでも、きつく抱き寄せられたときのヴィクターの硬い身体の感触が、スザンヌには生々し

く残っていた。ヴィクターがスザンヌのことを愛しく思っているのが伝わってくる。二人をためらわせるのは、婚約者の存在なのだ。

呼吸を整えた後で、ヴィクターがようやく冷静さを取り戻して言ってきた。

「君のほうが、彼女よりもずっと魅力的だ。君のほうからこうしてキスを仕掛けたら、きっと王太子は君のところに戻ってくる」

そんなヴィクターの言葉に、スザンヌは泣きたくなった。

ヴィクターはスザンヌの幸せを一番に願っている。最初に描いた、スザンヌの幸せな姿――チャールズと結婚して、王妃となりました――が頭から離れず、それを自分が邪魔することはできずに、混乱しているに違いない。

だけど、スザンヌの幸せはそこにはないことに気づいていないのだ。

――女の子は、好きな人と一緒にいるのが幸せなのよ。

どうしてもそこに気づいてくれないヴィクターを、これ以上混乱させないために、スザンヌは答えるしかなかった。

「そうね。そう願いたいわ」

胸がズキズキと痛い。

それ以上は何も言えず、スザンヌは手でぐいと涙をぬぐい、馬車が待っているところに向けて歩きだした。

その後を、ヴィクターが追いかけてくる。

ヴィクターとさえ会わなかったら、スザンヌも自分の幸せの形を疑うことはなかったはずだ。

チャールズと結婚し、王妃になることこそが、自分にとってのハッピーエンドだと思っていた。

だけど、幸せの形は一つではない。

そのことに、ヴィクターが納得してくれないかぎり、どうすることもできない。

第三章

その翌朝。

スザンヌは眠い目を擦りつつ、特別棟の食堂へ向かった。

昨日のイベントを経ての、チャールズのようすが知りたかったからだ。昨夜、戻ってきてから偶然、バッタリと顔を合わせたものの、あれくらいではチャールズのようすはわからない。

食堂のドアを開くと、明るい日差しが目に飛びこんできた。

木漏れ日が食堂の床をモザイク状に染めている。これから初夏を迎える空の青さが目に染みた。テーブルは直接朝日が当たらない絶妙な位置に置かれていたが、そこまで行く間に眩《まぶ》しさに何度も目を細めなければならなかった。

スザンヌが同じテーブルの端に座っても、反対側の端に座るチャールズはろくに視線を向けず、言葉をかけてこないことも多い。だが、今日はチャールズのほうから快活に話しかけてきた。

「おはよう」

「おはようございます」

それに、今日はチャールズの目が、ことさら自分にとどまっているような気がする。

——何かしら。

じろじろとスザンヌを眺めた後で、チャールズは満足そうにうなずいた。

そんなチャールズの態度が気になりはしたが、それよりも自然と心に浮かびあがってくるのは、ヴィクターのことだった。

忘れようとしても、何かと意識につきまとってくる甘い記憶があった。

昨夜、ヴィクターと二度目のキスをした。

彼のことを思うと、胸がざわざわして眠れなかった。

彼が一日、自分を案内してくれた城下町のことを何度も思い返した。

——すごく、楽しかったわ。

生き生きとした市井の人々。

取り引きされていた品に、おいしかった食べ物。建前と礼儀で取り繕われた貴族の世界ではなく、素の感情がぶつかり合っていたあの世界に強く惹かれた。また城下町に行きたい。あちこち歩き回ってみたいし、普段の生活というのも知りたい。彼らと触れ合いたい。商売についても、教えてもらいたい。

——チャールズは、昨日のことをどう思っているのかしら？

聞いてみたくなった。昨日、チャールズも初めて、城下町に深く触れたはずだ。

オムレツをオーダーして待っている間に、スザンヌは指を軽く身体の前で組んだ。

「最近、寮からこっそり、城下町に遊びに行くのが流行っているそうですけど、チャールズさまは行ったことはございませんの？」

「一度、どんなものかと試しに行ったことがあるが、あんなところは高貴なものが行くような場所ではないな。もう二度と行くことはないだろう」

──は？

二度と行かない、と断言するほど、城下町はつまらない場所だったのかと、唖然《あぜん》とした。お忍びで行ったことを隠すためにあえて嘘を言っているのかと思ったが、どうやらそれは本心に思える。

「そうで……しょうか。私にとっては、なかなか楽しい場所でしたが」

「おまえも行ったことがあるのか？」

スザンヌは隠すこととなくうなずいた。

「後学のためですわ。庶民がどのように暮らしているのか、知っておくべきだと思いましたし」

──それに、めちゃめちゃ楽しかったわ……！

どこがチャールズに合わなかったのか、具体的に知りたくなった。

「たまに、城下町で市が立つことがあるんですってよ。そのタイミングで行くと、たくさん露店が出て、格別楽しいとか」

「楽しいものか。皆が私を粗雑に扱う。押しのけられたり、不潔なものを渡されたりした」

そんなふうに言われたことで、どうしてチャールズが城下町がダメだったのか、理解した。

──そうか。あなたはいつでもちやほやされていないと、気がすまないものね。

昔からそうだった。チャールズを取り囲むすべての人間が、そのわがままを助長した。スザンヌもその一員だろう。

だんだんと、チャールズの婚約者でいることが苦しく思えてならない。

このゲームに敗れたら、スザンヌには破滅の運命が待ち受けている。だとしても、ヴィクターに向かう気持ちは止められない。

ここまで恋というものが、自分を変えるものとは知らなかった。

視線を感じて顔を向けると、チャールズがじっとスザンヌを見ているのに気づいた。何故だか、今朝からやたらと注視されているようだ。

「何？」

思わせぶりな眼差しを向けられているだけでも、不快に思えた。それを断ち切りたくて、少しきつい声を発する。

「いや。ただ、おまえは綺麗だな、と思って」

「はぁ？」

いきなりそんなことを言われて、スザンヌはぞわっと鳥肌を立てた。

「やはり、おまえは私にふさわしい女だ。最近、とても綺麗になったな。美しさだけではなく、色気が加わったというか。……おまえとの結婚式が、だんだんと楽しみに思えてきた」

――はあ?

こんなふうにいきなり結婚式のことを切り出されても、スザンヌは事態が把握できない。

――ええと?

チャールズは昨日一日、ルーシーと城下町を楽しんだ。別れ際にもルーシーと密着して、いちゃいちゃしていた。

なのに、いきなりチャールズの関心が自分に向いているような気がする。こんなのは予定外だ。

スザンヌはゆっくりと息を吸いこんで、気持ちを落ち着かせようとした。

「だけど、あなたが他の女性と、……ここの女子と、仲良くしているのを見たわよ。彼女とは、どうなっていらっしゃるのかしら?」

「彼女のことを、知っているのか。実は昨日、……ほんの酔狂で、城下町をうろついてみた。市が立っていたから、最初のうちは物珍しかったんだが、汚くて、ゴミゴミしていて、私が行くようなところではない」

「何を言っているの」

思わず、スザンヌは言っていた。

「あなた、この国の王太子でしょ? いずれは、この国を治める身よ? 城下町も王が統べる土地であるのだから、そこがゴミゴミして汚かったとしたら、それを改善するのが王たるものの務めじゃないの。それを放棄して、汚いものに蓋をするなんて、ありえない」

　ここまで言うつもりはなかった。

　だけど、あまりにもチャールズがろくでもないことを言い出すものだから、説教せずにはいられなかったのだ。

　スザンヌの糾弾に、チャールズはしばらく固まってから、言ってきた。

「まぁ、私がいずれ王になるのはともかく。昨日、女の子と城下町に行ったんだ。だけど、そのろくでもない平民に色仕掛けされて、気がついた。彼女は粗野で、私にふさわしくない。私と釣り合うのは、おまえしかいないのだと」

　嬉しい展開のはずなのに、まったく嬉しくないことにスザンヌは気づいてしまう。

「あの平民の女と少しばかり付き合ったことで、おまえの高貴さと得がたさを知った。王にお願いしておく。おまえとの結婚式を、卒業式の直後に挙げたい」

　――待ってよ。

　求婚されていることに気づいて、スザンヌは息を詰めた。

　こうなることを、望んでいたはずだ。ルーシーを蹴落とし、チャールズにふさわしい相手は自分だと認識させることを。

　それがかなったというのに、まったく嬉しくない。心臓が石になったみたいだ。

このままチャールズの求婚に応じたら、スザンヌの破滅フラグは消える。

結婚式の日取りを承諾し、いずれはこの国の王妃となる。

だが、チャールズとキスすると考えただけで、ぞわっと全身に鳥肌が立った。

――ダメよ。無理だわ……！

こんなのは、生理的に耐えられない。

そう思った瞬間に、スザンヌは立ち上がっていた。

仰天した顔を見せるチャールズに、言い捨てる。

「ごめんなさい。結婚式の日取りは、まだ決めたくないわ」

その言葉に、チャールズはギョッとした顔をした。プライドが損なわれたのか、そっぽを向く。

「そうか。おまえが望まないのなら、延期にしよう」

スザンヌは食事もとることなく、食堂から立ち去った。

――失敗したわ。

だけど、開き直ることしかできない。

――だって、仕方がないもの。

好きでもない男とキスはできない。

ヴィクターにキスをしたときの、甘いときめきを知ってしまったからだ。

王立魔法学園の特別棟には、応接室がある。

寮には原則として、この学園の生徒以外は入ることができない。だが、生徒の家族や、外部の人間と、この応接室でなら面会できる。

このところ、スザンヌはその応接室にこもりっぱなしになっていた。授業には出るものの、それ以外の時間はここにいる。

外部からやってきた商人に、今の世界情勢を詳しく説明してもらうためだ。それだけではなく、何組かの銀行家まで呼び出して、書類をかわすこともした。

今までその類の勉強もしてきたつもりだった。だが、急にお尻に火がついたような状態になったので、早急に学びたいことや、やっておかなければならないことが山積みになっている。

何より、正確な情報収集が不可欠だった。

エイミリア王国のあるこの大陸の国々の現状と、その分析。特に隣国のまつりごとや商取引について詳しく知りたかったし、植民地と盛んに取り引きされている商品の値動きなど確認する必要があった。

来たるべき大冒険に向けて、勝負をかけるときが来ている。

寝る間も惜しんで、渡された書類の束に目を通す日々が続く。そんなとき、応接室に姿を現したのはヴィクターだった。

彼の姿を目にするだけで、スザンヌの胸はとくんと甘く鳴り響く。

このところ、ヴィクターのことを意図的に避けていた。スザンヌの気持ちは変わらないものの、ヴィクターに変化してもらいたい気持ちが強い。それもあって、城下町から帰ってから、ろくに顔を合わせていなかった。

だけど、彼の姿を目にしただけで、どうしようもなく胸が苦しくなる。息を詰めるようにして、その動きを全身で追っていた。

「最近、ここにこもりきりのようですが、いったい何を？」

「説明は長くなりそうなの。お茶でも飲む？」

「ありがとうございます」

ヴィクターは軽くうなずいて、スザンヌが勧めた向かいの席に座った。そんな彼にお茶をいれて差し出すと、礼を言って受け取った後で不思議そうに首を傾《かし》げた。

「最近、ここで何をされているんです？　王太子との仲も進展していないどころか、彼との関係は終わったという噂までありますが」

「本当よ」

それを確認しに来たのだろうか。

スザンヌは苦笑いをするしかなかった。

朝食の席での求婚や、それを断ったことは、チャールズしか知らないはずだ。だとしたら、その噂を流しているのは、チャールズ本人だろうか。

「王太子との関係が破綻したら、君には破滅が」

「破滅してもいいように、こうして準備しているのよ」

「準備？」

ハッとしたようすで室内を見回したヴィクターの前に、スザンヌは持っていた書類を突きつけた。

そこには、大陸中の商人から届いた商売の現状が綴《つづ》られている。

「いつ国外追放になってもいいように、船を買うことにしたの。追放になったらそれを使って、まずは隣国に渡るわ。そこなら、エイミリア王国から追放された人間でも船の登録ができるそうよ。その船で商売を始めるの。そこそこの金額がたまったら農園を買うわ。そこの女主人として、生きていくのもいいわね」

「君に、……そんなことが……できるはずが」

ぎょっとしたように言い出すヴィクターに、スザンヌは鋭く視線を向けた。

「私ね。おばあさまに、悪役令嬢の運命について幼いころから聞かされて育ったのよ。だから、いつ国外追放になってもいいように、勉強だけはずっと続けてきたの。もちろん、城下町を歩いたのはあなたに案内されたときが初めてだったし、日常生活は侍女の世話になってばかりよ。だけど、やるしかないの」

ヴィクターは納得していない顔をしながらも、スザンヌが渡した書類をめくった。

だが、その途端に表情が引きしまる。

「君、……ジョン・ワッツ商会とつながりがあるんですか？」

ヴィクターが口にしたのは、この大陸と植民地との貿易独占権を与えられている巨大商社の名だ。大陸ごとに設立されており、スザンヌがつながりがあるのは、この大陸と二つの植民地との往来が許されている部門だった。

「ええ。昔から、私はそこに投資してきたのだもの」

祖母はスザンヌに、それなりの財産を残してくれた。その金で創設されたばかりのジョン・ワッツ商会の株を買え、と遺言で伝えられた。株の売買は今までにない商習慣だったからリスクが高かったものの、そのときの投資は金を生み続け、今やスザンヌは大株主だ。

「だからこその、このレポートですか」

「このレポートが、何をするべきか、私に示唆してくれるわ。いざというときの切り札のつもりでいたけど、そのコネクションを生かすのは、今なのだと感じているわ」

その言葉にヴィクターは度肝を抜かれたらしく、すごいな、と口だけを動かした。

そのとき、料理人が応接室のドアのところに立っているのにスザンヌは気づいた。ハッとして、席を立った。

「ごめんなさい。これから、ちょっと用事があって」

ヴィクターも彼を見て、察したらしい。

「もしかして、料理を教えてもらうつもりですか」

「そうよ。これから、何もかも自分でできるようにしておくつもりなの。簡単な料理とか、ちゃちゃっとこなせるようにしたいの」

「でしたら、……私に、教えさせていただいてもいいですか」

「あなた、料理できるの？」

スザンヌは目を丸くした。

寮の特別室に住み、何やら身分のありそうなヴィクターだ。貴族の子息はキッチンに入らないのが普通だったから、彼に料理ができるなんて思わなかった。

だが、ヴィクターは軽くうなずいて、料理人の待つドアのほうに一緒に近づいて歩いていく。

「何を教わるつもりですか？」

「オムレツよ。それと、フルーツの剥きかた」

「でしたら。――私が代わりに教えましょう。ということで、私がキッチンをお借りしても、よろしいですか」

使用人相手にも、ヴィクターの口調の丁寧さは変わらない。

料理人がそれに恐縮した顔をしてうなずいたので、スザンヌとヴィクターはそのまま一緒に特別棟のキッチンに向かった。

ヴィクターと久しぶりに二人きりになる状況に、スザンヌはだんだんと緊張してきた。

——ええと。

だが、心の準備がしっかりとできていないうちに、キッチンについてしまう。チャールズ用の料理を作る部屋だからそう広くはなかったが、それでもオーブンや壁にかかったフライパンなど、一通りの設備は備わっている。

手入れが綺麗に行き届いたキッチンをぐるりと見回してから、ヴィクターは腕まくりをした。

「制服を汚さないように、エプロンをしましょうか。用意してます？」

「え、ええ。持ってきているわ」

スザンヌは準備しておいたエプロンを取り出して、制服の上に着用した。ヴィクターは壁にかかっていたエプロンを借りることにしたようだ。

丁寧に手を洗ってから、まずは調理用のテーブルを前にして、卵を割る練習から始める。

「ここの角に軽くぶつけて、殻にひびを入れます。それから、ヒビに親指を当てて、左右に開きます。中身は、この容器に」

ヴィクターは言いながら見本を見せてくれる。見ていると簡単そうだったが、実際にやってみると、卵を割るときの力加減が難しかった。

そもそも生の卵の独特のつるつるとした感触は指が落ち着かないし、ましてやそれを割るなんて、考えただけでも困難なように思える。

——だけど、やるしかないわ……！

思い切って、スザンヌは卵をテーブルの角にぶつけてみる。気合いが入りすぎていたらしく、殻が破れてぐしゃっと中身が飛び出した。

「あっ、……えっ、……この……」

あわてていると、ヴィクターがその後始末を手伝ってくれる。

「大丈夫。次は、もっと弱く」

「弱く。そうよね」

二つ目は慎重にこんこんと当ててみたが、それだと何度やってもなかなかヒビが入らない。

——微妙な、力加減が必要なのね。

少しずつぶつける力を強くしていったとき、途中で手ごたえが変わった。軽くひっくり返してヒビの大きさを確かめてから、あと数回ぶつけてみる。それから、割れたところに親指を当てて開いた瞬間、下に容器をあてがっておくのを忘れていたことに気づいた。

「っえ？　あっ」

焦った。そのまま中身が、テーブルに落下しそうになる。だが、素早くヴィクターが落下地点に容器を移動させて、受け止めてくれた。

黄身はつぶれてぐしゃぐしゃだったが、それでも卵を初めて割れたということに大きな達成感を覚える。

やった！　という顔をしていると、ヴィクターが手放しで褒めてくれた。

「上手ですね」

「もう一個、割ってみるわ！」

三個目は二個目よりも、もっと上手に割れたと思う。黄身もつぶれることなく、最初にヴィクターがやってみせたのと同じように、目玉状になっている。

――ふふふ。

嬉しくなる。上達がこんなふうに目に見える形で現れるのが素晴らしい。ヴィクターに言われるがままに、卵を二個ずつ皿に割り入れていく。

十個も割ったときには、卵を割るエキスパートになれた気がした。

その皿を見回しながら、ヴィクターが次の指示をした。

「上手に卵が割れるようになりましたから、これでオムレツを作りましょう」

ヴィクターに渡された匙《さじ》で、割り入れた卵をぐるぐると混ぜる。黄身と白身が混ざったところに、準備されていたクリームを注いでいく。これを混ぜると、さらにおいしくなるそうだ。塩やスパイスも入れて、味付けもしておく。

それから、ヴィクターはスザンヌをストーブの前に案内した。

そこにはすでに石炭が焚《た》かれていた。手間のかかる作業だが、料理人が準備しておいてくれたようだ。

ストーブの鉄板の上の、丸く空いた空間の上に、ヴィクターが鉄のフライパンを移動させた。

「これは持ち手まで鉄ですから、ここを絶対に手で触ってはいけません。火傷します。つかむときには、絶対にこの分厚い布を使ってください。まずはフライパンを熱してたっぷりとバターを溶かし、……それから、一気に卵を流しこみます」

説明しながら、ヴィクターが実際にオムレツを作っていく。フライパンに卵を流しこんだ途端、ふつっと泡立つようなのがわかった。それを、ヴィクターが素早く木の匙でかき混ぜ、フライパンの一辺に寄せていく。

ヴィクターの手の動きはなめらかで、フライパンの上でオムレツができていくのは魔法のようだった。最後にくるっとひっくり返され、綺麗に成形されたオムレツが皿の上に載せられる。

それは、いつもチャールズの料理人が作ってくれるオムレツと変わらない、見事な出来だ。

「すごいわ！　私も、作ってみるわね！」

簡単そうに見えた。自分にも、同じものができそうだと錯覚する。

新たにバターを溶かし、スザンヌは気合いとともにオムレツ作りに臨んだ。

だが、見るのとやるのは、大違いだった。

カンカンに熱されたフライパンはひどく重くて熱く、卵液はあっという間に固まった。片方の端に寄せることすらできないでいる間に、卵はボロボロの得体の知れないものになった。

「あれ？　あれれれれ？」

不思議がっていると、ヴィクターが言ってくる。

「まずは、これ以上焦げないうちにフライパンをストーブから外して、中身を皿の上に移しましょうか」

「え、ええ。そうね」

「これはスクランブルエッグといって、これはこれでおいしいものですよ。形はどうあれ、味は変わりませんから。教えてもいないのに、これが作れるなんて、あなたには料理の才能がありますね」

「そう？　そうかしら」

何をしても褒めてくれるのは嬉しい。

気を取り直して、スザンヌは次なるオムレツに臨む。

どうしてオムレツにならなかったのか、わからない。とにかく自分の手はヴィクターのようになめらかに動いていなかったことだけは確かだ。

「一度フライパンを、この濡れた布の上で冷やしましょう。それから、バターを溶かして。……そう。一気にかき混ぜます。初めてにしては、筋がいいですよ。そう。このタイミングで、一度オーブンから外します。一生懸命搔《か》きまわして、角に寄せて。……あ、……ひっくり返すのは、特に難しいですからね。初めてで、ひっくり返せただけでも、上等です」

差し出された皿に、スザンヌは無残な状態になったオムレツを載せた。ヴィクターが作ったものとは、段違いだ。

首を傾げていると、ヴィクターが言った。

「オムレツは、もともと難しいものですから」

ヴィクターの言葉に気を取り直し、スザンヌは何度も挑戦する。

卵液が準備できていた最後の回に、どうにか見かけがそこそこ整ったものができたので、今日のレッスンはそこまでにする。

ヴィクターがエプロンを外しながら、にっこり笑った。

「上手にできましたね。でしたら、これを、全部試食しましょう」

ここで終了したのは、おそらくこれらを綺麗に平らげる必要があるからだ。食材を無駄にしてはいけないという思いは、スザンヌも一緒だ。

「そうね」

「食べるのは、食堂にします？」

ドアを隔てた隣が、チャールズといつも一緒に朝食を取っている食堂だ。チャールズだけに使用が許されているわけではない。

二人で皿を移動させ、木漏れ日の中で食事をした。まだ日は沈んでおらず、たっぷりとバターの匂いを嗅いだことで空腹を刺激されていた。

卵二個ずつのオムレツが、五皿。少し多く感じられたが、ヴィクターもいるからどうにかなるだろう。

軽く味付けはしてあったが、ヴィクターがトマトを元に、甘じょっぱいソースを素早く作ってくれた。それをかけたら、色どりも綺麗だ。

一番左が、ヴィクターが見本で作ってくれたものだ。それから、スザンヌが作ったものがずらずらと並ぶ。

「どんどん上達していくのが、こうして並べるとよくわかりますね。見事なほどに」

言われて、スザンヌもそれを眺めた。少しずつ形がまともになっていくのが、一皿ごとに如実にわかる。そして作ってみてわかったのは、最初に作ってくれたヴィクターの手つきの鮮やかさと、仕上がったものの見事さだ。

毎朝、料理人が出してくれたオムレツのすごさも、あらためて認識できた。

おいしいものをまず食べてみたかったので、スザンヌはまずヴィクターが作ってくれたオムレツの皿を引き寄せた。外側は固まっているのに、内側はとろりと半熟だ。舌の上でとろける。

口に運ぶと、今まで食べた中で一番おいしいオムレツのように思えた。

「ん。……おいしいわ。あなたのオムレツ」

満面の笑顔とともに言うと、ヴィクターはとても嬉しそうに笑ってくれた。横に並んで座ったヴィクターとは、腕と腕が触れそうなほど近かったが、触れてはいない。だけどその存在を、ドキドキする鼓動とともに認識している。

ヴィクターが最初に引き寄せたのは、スザンヌが最初に作ったボロボロとした卵の塊だった。

「君のも、これはこれで味わいがありますよ」

「そうかしら。無理して食べなくてもいいわよ」

「いえ。君のは私が」

「……おいしい？」

「おいしいです」

「あなたの味覚、どうかしているのではなくて？」

心配になって言ったが、ヴィクターのどこか幸せそうな表情を見たときに、胸がぎゅっと締めつけられるような幸福感と同時に、不思議と泣きたくなった。

もしかして、ヴィクターがそのボロボロの卵の塊をおいしいと感じているのは、スザンヌが作ったものだからだろうか。

貴族の子女のたしなみとして、料理という項目もある。王家に嫁ぐことになっていたスザンヌだから、さすがにその機会はないはずだと切り捨てていたが、あまり使用人を使えない家では、女主人が料理人も兼ねることが多いそうだ。

――それと、その相手のために作ったものは、特別な味がするものなんですって。

幼いころ、おやつが欲しくて入りこんだパレス公爵家のキッチンで、料理人見習いの少女がスザンヌにクッキーを手渡しながら、そんなふうに教えてくれた。記念日に彼女はクッキーを作って、好きな男の子に渡すのだそうだ。

『でも、料理長が作ってくれたクッキーのほうが、おいしいわよ？』

幼いスザンヌは、焦げたジンジャークッキーの苦味に眉を寄せながら正直に言ってみた。すると、彼女は胸を張って言い返した。

『彼はわたしが作ったクッキーが、世界で一番おいしいって言ってくれてるわ』

――そういうことなの？

あのときはピンとこなかったが、その表情と一緒に何となく心に残っていた。

それが、ようやく理解できたような気がする。ヴィクターが作ってくれたオムレツは誰が食べてもおいしいものなのかもしれないが、スザンヌが初めて作ったものはそうではないはずだ。

「無理して食べなくてもいいわよ」

重ねて言ってみたのだが、ヴィクターの嬉しそうな笑みは変わらない。

「いえ。君が作ったオムレツは、格別においしい」

だが、ヴィクターはその理由について、スザンヌのように理解してはいないようだ。

「不思議ですね。味は私が作っているのと同じはずですが」

不可解な顔をして、ヴィクターは最初の一皿を食べ終える。だが、二皿目のオムレツの皿を引き寄せながら、ハッとしたようにスザンヌを見た。

もしかして、その理由がわかったのだろうか。

ドキッと鼓動が跳ねあがる。同じ結論に達したのかを確認したくて、スザンヌはおずおずと尋ねてみた。

「どうしておいしいのか、わかった？」

「特別なスパイスが、効いているからでしょうか」

「たぶんね。あなたが作ったオムレツも、……とてもおいしいわよ」

オムレツを介してヴィクターに恋の告白をしているように感じられて、スザンヌはじわりと赤くなった。

二人とも赤くなったまま押し黙ったので、庭で小鳥が泣いているのが聞こえてくる。チャールズとこの食堂で食べるときは、テーブルの端と端とに席を取っていたのだが、ヴィクターとは並んで座っている。

もっとにじり寄って、ヴィクターの体温を直接感じ取りたいのだが、何かきっかけがなければ動けない。

スザンヌはヴィクターが作ってくれたオムレツを食べ終わると、夕暮れに近づいていく空を見上げた。

「私ね。初めて卵を割ったときのこととか、初めてオムレツを作ったときのこととか、ずっと覚えていると思うわ」

今までできなかったことができたのは、とても嬉しかったし、自信がついた。

将来はお后となるのだから、料理をする必要はない。そんなふうに、周囲から言われてきた。

だけど、自分のことが自分でできるようになるのは、スザンヌにとっては生き抜く力を得る第一歩だ。

「君は、料理を作る必要がない立場の人ですよ」

ヴィクターはやんわりと口にする。それでも、ヴィクターはスザンヌに卵の割りかたやオムレツの作り方を教えてくれた。

——料理を作る必要がない立場、か。

ヴィクターがあくまでも、スザンヌをチャールズとのハッピーエンドに導こうとしているのが伝わってくる。なのに、スザンヌはすっぱりそれを捨てる覚悟をしているのだ。

あくまでもチャールズとくっつけようとするヴィクターに拗《す》ねて、にらみつけようとしたとき、見てしまったその表情がどこか苦しそうなのに気づいた。

ドキッとして次に見直したときには、ヴィクターはいつものとりすました顔に戻っていた。

「ちょっと量が多いですから、これをアレンジしてみます？」

「どうするの」

「卵と酢と油で、特別なソースを作りましょう。それで卵を和《あ》えて薄切りのパンに挟んだら、最高においしいです」

「教えて」

ヴィクターはいろいろなことを知っている。

ヴィクターと一緒にキッチンに戻り、残りのオムレツを使っての特別なソースの作り方を教わる。

ヴィクターが割った卵を卵黄と卵白にわけるのを見て、仰天した。

「すごいわ。そんなことができるの？」

「ええ。君も、慣れればすぐにできるようになりますよ。今日のところは、ただ見ているだけでいいですけど」

卵黄がボウルに入れられ、スザンヌはそれをぐるぐると掻きまわす係を担当する。そこにいくつかの調味料が入れられ、それを丹念に混ぜた後で、油と酢が少しずつ注ぎこまれる。

「何これ。すごいわ。白いわ。白いものは入れてないのに」

「乳化、って言うんですよ。私がいたところでは、マヨネーズというとても人気のあるソースでした。舐めてみます？」

「もちろんよ」

スザンヌはスプーンにすくって差し出されたソースを舐めてみる。少し酸っぱいが、それ以上の旨《うま》みがあって飛び上がりそうになった。

「すごくおいしいわ」

「まだ大陸の一部にしか伝わっていませんが、いずれ大人気になると思いますよ。作るのに、こうして少々の手間がかかりますが」

「そうね。手が疲れたわ。だけど、……びっくりするほどおいしいわ」

「これで卵を和えたら、相性が抜群なんです。さらにそれを、パンに挟んで食べたとしたら」

「虜になるわね」

想像してみただけで、ごくりと唾を呑まずにはいられない。

それから、スザンヌはヴィクターと一緒に、そのサンドイッチ作りに没頭した。

キッチンには、薄く切ったパンも置いてある。それにたっぷりと挟んで、口に運ぶ。途端に衝撃的な旨みが広がった。

「これは！　……たくさんできたから、他の人にも食べさせてあげたいわ」

ここを使わせてくれた料理人や、スザンヌの侍女にもわけてあげたい。料理人は、このソースを知っているだろうか。

せっせと皿に分配していく。もっとあのサンドイッチを食べたかったが、また作ればいいだろう。

「今度は、パンも作ってみたいわ」

野望を口にすると、ヴィクターは柔らかく笑った。

こんなときのヴィクターの表情が好きだ。スザンヌを否定することなく、そのわがままを許容してくれるときの。

「パンを作るのは、オムレツよりももっと大変ですよ」

「だけど、あなたは教えてくれるんでしょ」

「そうですね。君が望むのでしたら。いつにします？」

日程を擦り合わせる。

ヴィクターと一緒にいると、自分に限りない力がこみあげてくる感じがあった。

ひたすら決められた道を失敗なく歩まなければならないと思っていたのだが、そうではない自分には果てしない可能性がある。転んでもまた立ち上がればいいのだ。

そのためには、生き抜く力を得ておかなければならない。ヴィクターが教えてくれたあのサンドイッチはとてもおいしかったから、いざとなればそれを売り歩けばいい。

「料理人には、私がここを使わせていただく許可を取っておきましょう。パンを作るには、その日だけの準備ではダメなんですよ」

「だったら、その下準備から手伝わせて。やってみたいわ」

ヴィクターと顔を合わせる機会を、できるだけ多くしておきたい。そんな気持ちに潜むスザンヌの想いを、彼はいつ受け止めてくれるのだろうか。

学園内が、ざわついているような気がする。

その気配は感じていたが、スザンヌには大切な用事があった。今日までに処理しておかなければならない書類があったのだ。

その書類にサインをして、しっかりと封をし、銀行に持っていく使者へ応接室で引き渡す。その使者が出ていくのと入れ替わるように、姿を現したのはヴィクターだった。

スザンヌを探していたのか、顔を合わせるなり言ってくる。

「あわただしくて申し訳ありません。……憂慮すべき事態となりました」

ヴィクターがここまで狼狽した顔を見せたことは、今までなかったような気がする。だからこそ、気になった。

「どうしたの？」

「先ほど、王太子がルーシーを振りました。王太子は何をするにも大仰ですからね。大勢の前でルーシーを呼びつけ、もうおまえとは付き合わない、と宣言しました。おそらく、城下町で次のイベントへのフラグが立たなかったことから、ルーシーは王太子にとって平民のつまらない娘としか、思えなくなっていたのでしょう。ルーシーは真っ青になって、震えていました」

「……可哀《かわい》そうに」

ぼそりと、そんな言葉が漏れた。

ルーシーとはチャールズをめぐる恋のライバルだが、彼女自身に恨みはない。それどころか、そのように人前で恥をかかせるチャールズの言動のほうに腹が立つ。

「問題なのは、ここからです」

ヴィクターの表情は、来たときからずっと強張《こわば》っている。よっぽど大きな危機が待ち受けているに違いない。

「こんな形で振られたことで、ルーシーのほうにバッドフラグが立ちました。彼女は王太子の心を引き戻すために、強力な媚薬《びやく》の製造を始めるはずです。その材料集めのために、この緩衝地帯の外側にある荒野に出かけました。そこにある『鼠穴』で、材料である純白のネズミを探すために」

「本当にあなた、いろいろ知っているのね」

そのことに、スザンヌは感心してしまう。

祖母の預言書には、そこまで詳しく書かれていなかった。スザンヌに関係するルートばかりで、ルーシーのバッドルートの記載はあまりなかったのだ。それにスザンヌは、祖母の預言書に頼らないと決意を決めていた。

——私は私で生きるわ。

だが、ヴィクターの言葉が気にかかる。

ぽかんとしていたスザンヌの態度に、ヴィクターも引っかかったようだ。

「ルーシーのバッドエンドはいくつかありますけど、媚薬を作り出した場合のバッドエンドについて、君は知らないとでも？」

スザンヌはうなずいた。

「ええ。おばあさまの預言書には、媚薬が関わるようなバッドエンドの記載はなかったわ」

「君のおばあさまは、そこまでやりこんではいないのですね。ルーシーがチャールズに振られて媚薬を作り始めた場合は、世界が終わる類のバッドルートに入ります。ルーシーは媚薬作りに失敗しますが、その理由は彼女が見つけたのは純白のネズミじゃなくって、灰色のネズミだったからです。そのネズミからルーシーに疫病が移り、次々と他の人々に伝染が広がって、国中に疫病が蔓延することとなる」

「えっ」

「この国だけでとどまりません。さらに疫病は国から国へと伝播《でんぱ》し、この大陸の人々の三分の二が死ぬほどの、とんでもない被害が出ます」

「そんな……」

血の気が完全に引いた。

ヴィクターがいつになく緊張したようすなのも、これで納得がいく。

「どうすれば、止められるの？」

「ルーシーが媚薬を作る前に、止めなければなりません。あわててルーシーを探しましたが、すでに彼女の姿は寮にはありませんでした。おそらく、荒野に出てネズミを探しています。ルーシーを探すので、手伝ってください」

「わかったわ」

スザンヌは勢いよく立ち上がった。

「すぐに着替えてください。馬に乗れる服装で」

言われて、スザンヌは着替えのために急いで部屋に戻ることにした。

一刻の猶予もならない。

ヴィクターにこう言われたからだ。

「ルーシーがネズミに触れたら、その瞬間に疫病が移るものだと考えていいでしょう。ですから、その前にどうしても阻止を」

国の三分の二が死ぬなんて、恐ろしい疫病だ。

スザンヌが生まれてから、そのような大きな疫病の流行はなかった。だが、エイミリア王国の歴史には、何度も大きな疫病が流行り、大勢が死んだことが記されている。

その再来を考えただけで、背筋が凍った。


ルーシーがネズミを探しに出かけたのは、学園のある緑豊かな緩衝地帯を取り囲む壁の外側だという。

そこは風や水に浸食された黒い岩が、峡谷を形成している。広大な荒野だ。そびえたつ巨大な岩山が視界をふさぐ。

ろくに道はなく、峡谷の間を進むしか方法はなかったから、どうしてヴィクターが馬と指示したのか、すぐに理解できた。

馬車では整備された道しか進むことはできないが、馬なら道なき道も進めるからだ。

危うげなく馬をあやつるヴィクターの後を、スザンヌも器用に馬をあやつって進んでいく。

ルーシーは徒歩で出たというから、行動範囲は広くないはずだ。だが、どこにいるのかまるでわからない。

荒野は広く、ごつごつとした岩の隆起が何かと視界を遮っていたからだ。その凹凸に入ってしまえば、見える範囲は狭かった。いくら遠見の術が使えたところで、見晴らしが悪ければその効果もない。

「あなた、こういうところで、ルーシーを見つける魔法を何か使えないの？」

ヴィクターに聞いてみたが、しばらく考えた後で、首を振られた。

「特に思い当たりませんね」

とりあえず二手に分かれて、それぞれルーシーを探すことにした。だが、ルーシーを見つけても、ネズミを見つけていた場合は絶対に近づかないように注意された。

渓谷から渓谷へと、スザンヌは一つの物陰も見逃さないようにルーシーを探してさまよったが、その姿はない。焦る中で日は傾き、諦めて集合場所にしていた岩山の枯れ木の下に向かうと、反対側から戻ってきたヴィクターの姿が目についた。

「見つかった？」

だが、馬に乗っているのはヴィクター一人きりだ。ルーシーの姿はない。それでも、何らかの成果を期待したのだが、首を振られた。

彼の顔まではっきり見えるところまで馬を寄せていくと、聞き返された。

「君のほうはどうですか？」

「ダメよ。まるで見つからないわ」

すでに空はオレンジ色に染まり、もうじき日が沈むのがわかる。日没と同時に、王都をぐるりと取り囲む壁の門がすべて下ろされ、魔法で施錠がされる仕組みになっていた。だからこそ、日没までに門にたどり着かなければならない。二人は急いで馬を走らせていく。

どうにか間に合い、内側に入った。緩衝地帯を横切るように伸びている道は、荒野の道なき道とは違って整備されていたから、馬に任せて進んでいくことができる。

二人で並んで馬を歩かせながら、スザンヌは天を振り仰いだ。

「すでにルーシーがネズミを見つけて、戻ってしまったなんてことはあるのかしら」

「今日は見つからなかったことを祈るしかありません」

「そうね」

まだ希望はある。

そんなふうに、楽天的に思おうとした。

急速に空から色彩が消え失《き》せ《う》、だんだんとあたりは暗くなる。人の姿がシルエットでしか認識できない薄闇に世界が包まれていく。

真っ暗になる前に、どうにか寮までたどり着きたい。そう思って、馬の速度を少し速める。

「君には、一つだけお詫びしておきたいことがあるのです」

夕闇に沈んでいく世界の中で、ヴィクターの声が響いた。彼が詫びるなんて言葉を口に出したことはなかっただけに、スザンヌは驚いて耳をすましました。

「何？」

「私には、こんなところでルーシーを見つける魔法は一つも持っていないと言いました」

「本当は何か方法があるの？」

だったら、早くそれを使ってくれればいい。気が急く中でそんなふうに思ったが、ヴィクターは首を擦った。

「そうではありません。ですが、私が使える魔法の中で、一つだけ君に悪用したことがあります」

「え」

「君に王太子の気を惹くだけの色気をつけて欲しくて、キスをさせてくださいと言い出したときのことです。密かに『強制』の魔法をかけました。私が使えるのは本当に弱くて、本人が望まなければ、かからない類《たぐい》のものですが」

「……っ」

ハッとした。

初めてヴィクターとキスをしたときのことだ。

さらりと彼のキスを承諾したことを思い出す。初めてのキスはとてもドキドキしたし、その後も彼のことが気になるきっかけになった。

だけど、まさか自分にそんな魔法がかかっていたなんて、知らなかった。

――しかも、……本人が望んでいなければかからない？

ほんの少しだけ、相手の背中を押すぐらいの力だろうか。

そんなふうに聞くと、やけに恥ずかしくなる。今更詫びてもらっても、自分の気持ちは完全にヴィクターに向いているのだ。

「いいわよ、そんなの」

言いながら道の向こうを見たとき、スザンヌは道をふらふらと歩いている人の姿に気づいた。

寮まで、徒歩でも数分ぐらいの距離のところだ。

だが、一目でその人がまともではない状態なのがわかった。まっすぐ歩けておらず、左右に蛇行していたからだ。

――ルーシー……なの？

　思わず馬を走らせてそばに駆けつけようとしたが、先行していたヴィクターが鋭く制した。

「近づいてはなりません！」

「だけど」

　スザンヌが動かないように馬を割りこませ、こちらを振り返ったヴィクターの鋭い目は、薄闇の中でも底光りして見えた。

「すでに感染しています。近づいたら、君も同じ病にかかって死にます。感染した君からさらに学園内に感染が広がり、ここの生徒がバタバタと死んでいくことになります」

「……っ」

　その言葉に、スザンヌは動けなくなる。

　感染するのも怖かったが、自分が感染源となって、大勢の生徒を死に追いやることも避けたい。

　ふらふら歩くルーシーは、寮のあかりを目指しているようだ。このままルーシーの帰寮を認めたら、他の生徒にも感染が広がる。

　止めた馬の上で、スザンヌは手綱をぎゅっと握りしめた。

「どうしよう。……どうすれば」

　ネズミを捕まえる前にルーシーを見つけたかったのだが、手遅れだった。

　自問自答のつもりだったのだが、それにヴィクターが明確に答えた。

「明日まで、ルーシーは誰とも接触しません。ですから明日までに治療薬を作れれば、感染の拡大を防ぐことができます」

「治療薬があるの！」

どん底の気分だっただけに、目の前が明るく開けていく感覚があった。

しかし、治療薬があるというのなら、どうして懸命にルーシーを探したのだろうか。さっさと治療薬を作って、寮に戻ってくるルーシーを待ち受ける方法もあったはずだ。

――つまり、治療薬は万全ではないってことなの？

いやな予感を裏打ちするように、ヴィクターが言った。

「ですが、その治療薬を作るのが困難です。何より、その材料を集めることが。治療薬が作れないのなら、今ここで、ルーシーが寮に入るのを阻止しなければなりません」

「阻止って」

不穏に響いた言葉に、ぞくっと背筋が震えた。馬に乗って、まっすぐにルーシーに目を向けているヴィクターは、静かな殺気に満ちているように思えた。ヴィクターの馬の鞍《くら》に剣がくくりつけられていたことに、スザンヌは初めて気づく。

「まさか、……殺すってこと？」

否定してもらいたかったのだが、ヴィクターは無言でうなずいた。

だが、治療薬があるはずだ。それを匂わされたからには、殺すという選択肢を選ぶわけにはいかない。

ルーシーはチャールズをめぐっての恋のライバルだった。だが、個人的な恨みはないし、殺すか助けるかの二択だとしたら、助けたい。

ルーシーはふらふらとしていて、なかなか寮にはたどり着きそうになかった。だが、一歩一歩近づいてはいる。

ルーシーが寮にたどり着くまでに治療薬を作るという方針を、ヴィクターに納得させなければならなかった。

「材料を集めるのが難しいって、何がどれだけ大変なの？」

「その材料は、一つをのぞいて集めてあります。生成するための方法も、習得しました。ですが、問題なのは、まだ調達していない残り一つの材料です」

「それって、何？　ものすごく貴重で、手に入らないものなの？」

魔法の授業があるから、魔法薬の生成方法についても、スザンヌは一通り習っている。効果のある魔法薬になればなるほど、その材料を集めるのが大変になる。

調達が難しい材料は、それ専門のハンターがいるほどだ。集めるときの危険度やレア度に応じて、その材料は高額になっていく。

——竜関係のアイテムが、特に高価なのよね。

だが、大陸の三分の二が死ぬほどの疫病を防ぐためだ。それを贖《あがな》うためなら、自分が国外追放になったときのために、こつこつと積み上げてきた投資の金すべてを注ぎこんでもいい。

今日、ジョン・ワッツ商会の株を半分ほど売り払う書類を出したところなのだ。

そんなふうに考えたとき、スザンヌはぶるっと震えた。

――まさか、これが破滅の運命ってことなの？

ここで全財産を手放してしまったら、いざ国外追放になったとき、スザンヌは船を調達することができない。適当な船に乗せられ、船の上で殺されてバッドエンドを迎えるのかもしれない。

――物語の、……見えざる力……ってこと？

それにあらがうことはできないのだろうか。世界の悪意に押しつぶされそうになったとき、ヴィクターが言った。

「いえ。これは、金銭で贖うことはできません。女性だったらある特定のタイミングにかぎり、一生に一度だけ手に入れることが可能なもの。ですが、男の私にとっては、女性の協力を求めなければ、手に入れることは困難なものです」

「どういうこと？」

なぞなぞのような答えに、その材料が何だかわからなくなった。

ヴィクターのシルエットは、闇の中に溶けている。彼の乗った馬がたまに身じろぎしたり、しっぽを振ったりしなければ、横にいるのかさえわからなくなるほどだ。

だが、声だけが生々しく届いた。

「最後の材料というのは、『乙女の破瓜《はか》の涙』です」

「え」

スザンヌは言葉を失った。

そんな材料など、聞いたことがない。だが、何となくその響きから、どんなものなのか想像できた。

視線の先で、ルーシーはふらふらと歩き続けていた。死に物狂いで、寮へと向かっているようだ。寮にさえ戻ることができれば、暖かなベッドと、症状を和らげるための薬があると信じこんでいるのだろう。

道の先に、寮のあかりがちらついた。

だが、ルーシーがそこにたどり着くためには、まだ時間があるはずだ。

悪夢の中にさまよいこんだような気分になりながら、スザンヌは声を押し出した。

「それって、……もう少し、詳しく教えて」

「言葉の通りです。乙女が処女を失うときに、流すときの涙。それが治療薬の最後の材料です。前々から準備しておくことがかなわず、そのままになっていました」

「それって、学園内や、薬草園に在庫がある？」

自分でもアホな質問だと思いながらも、聞かずにはいられなかった。

魔法薬の材料にはギョッとするほど悪趣味なものもあるのだが、『乙女の破瓜の涙』を必要とする魔法薬など聞いたことがない。

少しだけ、冗談を言われているのかと思ってもいた。だけど、ヴィクターの声は恐ろしいほど真剣だった。

「売買はされていません。魔法薬専門の商人に頼んでも、調達してくれない類の材料です。学園や薬草園に在庫もありません。これは、魔法使いが独自に集めなければならないもの」

「そうで……しょうね」

売買されているのは、メジャーなものでしかない。だからこそ、魔法薬を使う魔法使いはその材料集めに苦労する。

頭の中がぐるぐるしてきた。ある意味、手に入りそうで入らないもの。男性であるヴィクターでは、どう努力しても自力で調達するのが難しい。

――だけど、私にとっては……？

声が上擦って震えた。

「手に、入りそうなの？」

「手に入れようと決断したなら、方法がないわけではありません。貧しい娘に金を積み、その相手をあてがって――」

ヴィクターが言ったのを聞いた途端、自分でも驚くぐらいの悲鳴のような声が漏れた。

「ダメよ……っ、そんなこと！」

いくら貧しくとも、女性にとってのそれは、金で売買されていいものではない。城下町で出会った生き生きとした女性たちの姿が脳裏に浮かぶ。

それと同時に、花を売っていた姿も浮かんだ。

考えただけでもやりきれない思いが高まり、ぞくぞくと背筋に震えが走る。

「ダメよ。それだけは、ダメ。考えましょう」

うめくように、スザンヌは言った。

「いっそルーシー本人に、責任を取ってもらえないものなの？」

恨みごとのようにつぶやいてはみたが、さすがにこんなにもふらふらな状態なのだ。それを強いるのはひどいし、その相手にも疫病が感染する可能性がある。

「……無理ね」

スザンヌが否定するまでもなく、ヴィクターにもルーシーからの材料の回収は不可能だとわかっているのだろう。

さりげに、横にいるヴィクターから殺気が漂っている。

治療薬が生成できないのだから、ヴィクターはルーシーが寮に入る前に殺すしかないと思っているのかもしれない。そのための剣だ。

だから、そんなことになる前に、スザンヌは心を決めることにした。自分なら、その材料は調達できる。それなりの代償を払うが、ルーシーの命のほうが大切だ。深呼吸して、自分に問いかけた。

——できる？

その問いかけに、スザンヌは自分自身で答えた。

——できるわ。

心は決まった。

「ダメよ、ヴィクター。ルーシーを殺してはダメ。貧しい娘に金を渡して集めるのも、私が許さないわ」

だとしたら、方法はたった一つだ。

スザンヌはゆっくりと、息を吸いこんだ。その言葉を口にするには、果てしない勇気が必要だった。

「いいわ。……材料としては、私のを用立てるわ」

平然と言ったつもりだが、声が震えた。回りが闇に包まれているだけに、スザンヌの心の弱さも同様もすべて剥き出しになっているようで、いたたまれない。

ヴィクターの反応が怖くて、手綱を握る腕にガチガチに力がこもった。自分から言い出したことなのに、すぐにでも否定したくて、叫びだしそうだ。

——だけど、……これしか方法がないもの。

女性にとって、初めてを捧《ささ》げる相手は特別だ。

「相手は、あなたよ」

しっかりと、誤解がないように言っておく。

相手がヴィクターでさえなかったら、スザンヌもこんなことは言い出せなかった。だけど、ヴィクターならいい。恐怖と使命感と、ほんのわずかな高揚があった。

――だって、……こんなにも、好きになってしまったのですもの。

ヴィクターにとっては、スザンヌに好きになられたのは予定外の出来事だったのだと何となく悟っている。

最初のころこそ、誘惑するようなことをされた。だけどそれは、色気というものを持ち合わせていなかったスザンヌを目覚めさせ、チャールズの興味を惹きつけるためだ。

どうしてチャールズの興味を惹きつけたかったのかといえば、スザンヌが彼と結ばれることこそが、この物語のハッピーエンドだと、ヴィクターが信じこんでいるからだ。

スザンヌに『強制』の弱い魔法をかけてきっかけを作ったことも引っかかっているらしい。だからこそ、今になって詫びられたのだ。

だが、スザンヌの気持ちはチャールズではなく、ヴィクターに向いてしまっている。そのことに、ヴィクター本人がひどく困惑しているのが伝わってきていた。

――わかってるのよ。ヴィクターにとっては、迷惑だって。

だけど、恋心というのは自分でコントロールできるものではない。

ヴィクターはスザンヌを破滅の運命から救おうとしてくれた。ヴィクターの深い色をした瞳と、からめ合った指のぬくもりを思い出しただけで、じわりと胸が痺れる。

「私は、君に密かに魔法をかけて、キスを奪った男ですよ」

「関係ないわ。そんなこと。あなたは、私としたくないの？」

質問を口にしただけで、涙がにじみそうになる。ヴィクターも自分とすることを望んでいるかもしれないというわずかな希望があっただけに、そうではないかもと思ってしまっただけで、悲しみがあふれ出し、手綱を握った手元までぽたぽたこぼれてしまう。

とんでもないことを、自分が決意したのはわかっていた。だけど、他の二つの選択肢よりマシなはずだ。

「嫌ではありません。ですが、そうなったら、君が困る。このエイミリアでは王家に嫁ぐ娘に、結婚式の前にえげつない検査が課せられていると聞きます」

そこまでヴィクターが知っているのに驚いたが、確かにその通りだ。

処女かどうか、調べられる。処女でなければ、王家の者と結婚はできない。婚前交渉をしていた場合には、その旨を婚約者が証言しなければならない。

苦悩しているように思えるヴィクターの声からは、自分の破瓜を奪うことになることへの、下世話な好奇心といったものは微塵《みじん》も感じられなかった。ただスザンヌに対する純粋な心配ばかりが、みっしりと詰めこまれているように思える。

それによって、スザンヌの気持ちはやや浮上した。

「いいのよ。そんなこと関係ないわ」

スザンヌはあふれた涙をぐいと手の甲でぬぐってから、鼻をすすりあげて続けた。

「命がかかっているのよ。それに、私はもう王太子の婚約者から降りるつもりでいる。チャールズさまのことは、これっぽっちも好きではないの。近づかれるだけで、虫唾《むしず》が走るの。生理的に耐えられない」

その言葉に、ヴィクターが息を呑むのが伝わってくる。

スザンヌは深呼吸をした。

「もう、計画を立てていたのよ。チャールズさまとの婚約をこちらから破棄してやるつもりなの。その理由を、どうにかでっちあげる心づもりもできていたわ。国外追放になっても、私はこの大陸でしぶとく生き伸びてやるつもりなの。自分の能力で生き抜くから、処女かどうかなんて、まったく問題にならないはず」

ヴィクターにはこの計画は、もう少し煮詰めてから話すつもりだった。だけど、この時点でぶちまけることで、スザンヌ側に問題はないのだと伝えたかった。

だけど、これから自分がしようと思っていることを想像しただけで、肉体的に怖くてすくみあがりそうになる。

結婚を約束していない相手と、関係を結ぶ。ヴィクターのことは好きだが、彼の気持ちが確認できずにいた。

純潔を重んじる結婚前の女性として、恥ずべき誘いだったのかもしれない。

またじわりと涙が滲み出しそうになったので、スザンヌはハンカチを取り出して、顔をぬぐった。

「わかりました。君の決意を尊重しましょう」

ヴィクターが承諾してくれたことで、胸の奥にあったつかえが消えた。これしか方法はないと思えるのだが、ヴィクターが勝手に判断してスザンヌに押しつけるのではなく、スザンヌに判断をゆだねてくれたことが嬉しかった。

「ありがとう」

「礼を言うのは、君ではありません。私のほうです。ですが、これで完全に王太子とのハッピーエンドルートから逸脱することになりますが、本当にいいんですね」

その声が、胸の奥に染みこむ。

どくん、とまた心臓が脈打った。

「いいわ」

その声にヴィクターはようやくホッとしたような表情を見せた。その顔から険しさが消える。

ヴィクターも本心ではルーシーを救うことができたことで、安心しているのだろう。

「こうなると、今後は決められたルートではなく、イレギュラなルートに入ることになります。私にも、これからどうなるのか、予測できません。君を幸せに導くために必死になって努力しますが」

「かまわないわ。そういうものでしょ、本来は」

ヴィクターのためらいが、ずっとどこにあるのかわからないでいた。

スザンヌの幸せは、王となるチャールズと結婚して王妃になることだ。そんなふうに、ヴィクターは思いこんでいたはずだ。

だけどそれが思い違いなのだと分かってもらいたい。

「私は好きな人と、一緒にいるのが幸せなのよ」

まっすぐ目を見つめて言うと、ヴィクターはハッとしたように目を見開き、それから肩をすくめて笑う。ようやく踏ん切りがついたようだ。

「君にとっての幸せが、私の幸せと重なるのがどれだけ幸せなのか、ひしひしと思い知っています。でしたら、今日、二人で治療薬に必要な成分を準備しましょう。その覚悟ができたら、特別棟の一番奥にある私の部屋に来てください。部屋への道は」

ヴィクターが語った道順を、スザンヌは頭の中に刻みこむ。

やると決まったことで、今さらながらに緊張がこみあげてきた。

現実ではないようだ。それでも、ヴィクターに抱きしめられることを想像しただけで、身体が芯のほうから熱くなる。

「わかったわ」

「別れる前に、……絶対に来てくれる約束として、君とキスしても？」

――え？

その要求に、鼓動が跳ねあがる。

ヴィクターは巧みに馬をあやつって、スザンヌの馬の横にピタリと寄せた。

近くまで近づかれたことで、ヴィクターの表情が闇に慣れた目に浮かび上がった。

彼は見たことがない男の顔をしていた。どこか熱に浮かされたような目だ。そんな目で見つめられると、自分が捕食される生き物にでもなった気がして、ぞくっと身体の奥まで痺れる。

求められていることに、スザンヌも喜びを覚えた。自分もヴィクターと同じように、飢えた顔をしているのだろうか。

そんなことを頭の片隅で考えながら、寄せられてくる顔を見つめる。ヴィクターの長いまつげや形のいい鼻に意識を奪われている間に、軽く唇が触れ合った。

全身に甘ったるい痺れが広がる。

すぐに唇は離れたが、足りないとでもいうようにヴィクターが再び唇をふさいだ。スザンヌもキスの感触をもっと感じ取りたくて、自分から顔を寄せていく。

舌がからみ、キスはだんだんと深くなった。

やたらと全身の感覚が鋭くなり、馬をまたいでいる太腿の感触や、服が肌に触れる感触まで、鮮明に感じられるほどだった。

名残を惜しみながら、唇が離れる。

今夜、自分がヴィクターの前でどうなってしまうのか、考えるだけでも怖かった。ヴィクターとしてしまったら、元の自分には戻れなくなるかもしれない。本当に自分は、とんでもないことを承諾してしまったのではないだろうか。

――だけど、後悔はないはずだわ。チャールズと結婚するよりも、……ヴィクターとの未知のルートに踏み出したい。

不自然に体重が移動したためか馬がいななき、ヴィクターがその馬を制するように少し前に出した。

だが、視線の先にルーシーを捕らえて、念を押すように問いかけてきた。

「治療薬を作るのなら、ルーシーを本当に寮に帰してもいいのですね」

ルーシーを寮に戻してしまったら、やり直しは利かない。後は治療薬を作るしかない。そのことを確認しているのだ。

「いいわ」

スザンヌはうなずいた。

緊張のために、指先まで冷たくなっている。だが、肉体的な不安に固まっているスザンヌとは裏腹に、ヴィクターは少し嬉しそうに見えた。

落ち着かなくなった馬を反転させ、スザンヌのほうに戻ってきながら、すれ違いざまに言ってくる。

「念のため言っておきますが、私にとってこの展開は、予想外です」

「その割にはあなた、……浮かれているように見えるけど」

「ずっと好きだった相手と、初めて関係を結ぶ。そのことを嬉しく思わない男がいるとでも？」

――ずっと好きだった……？

ふと与えられた言葉に、息ができなくなった。


ルーシーが寮に消えるまで見守った後で、スザンヌとヴィクターは同じく学園内に戻った。

馬小屋に馬を返し、飼い葉と水を与えて手入れする。

ヴィクターとは特別棟の前で別れた。別れ際、ヴィクターはスザンヌを見据えて、『後で』と口に出した。

そのときの熱い眼差しが、ずっと瞼《まぶた》に灼きついたままだ。

熱が感じられる眼差しだった。すぐにでも、スザンヌを抱きたいとでもいったような。

地に足がつかないようなふわふわとした気分でスザンヌは部屋に戻り、遅くなった夕食を取った。それから入浴を済ませ、眠る準備をした。

身に着けたのは、いつもの夜着だ。肌ざわりのいい白い生地で作られて、踵《かかと》まであるぞろりとしたもの。

本当はもっと色気のあるものにしたかったのだが、特別な夜着は準備していない。チャールズとの結婚が決まったあかつきには、公爵邸のほうで総レースの立派なものを準備してくれたはずだが、こんなにも突然、初めての体験をすることになるなんて、予想もしていなかった。

はぁ、と深いため息をついてから、スザンヌはベッドに入った。

だが、夜の挨拶をして侍女が消えた後で、スザンヌはおもむろに起き上がる。ガウンを夜着の上にまといながら、ヴィクターの部屋までの道のりを頭の中で確認した。男子棟に入ることになるから、誰かに見つからないか、不安だった。

それでも、人々が寝静まるタイミングを見計らえば、誰にも見つからずに行けるはずだ。

——そうよね。男子棟には数人しかいないって聞いているし。

万が一誰かにとがめられたときには、怖い夢を見たのでチャールズのところに行くつもりだと、嘘をつくしかない。

腹は決まっていたものの、いざランプをつかんで廊下に出ると、やたらと緊張した。

——静かだわ。

ところどころで床がきしむのにビクビクしながらも、スザンヌは足音を忍ばせて歩き始めた。

男子棟と女子棟との間のドアには、夜間には鍵がかかっている。だがその鍵は、スザンヌが使える数少ない魔法で開いた。

特別棟には、その生徒やそれぞれの使用人しか人がいない。魔法学園全体が、代々の教授陣がかける守護魔法で守られているから、特別な警備は必要がない。そんな方針だと聞いていた。

——男子棟に入るの、初めてだわ。

緊張しながら、スザンヌは男子棟の廊下に踏みこむ。造りは女子棟と一緒のようだが、ヴィクターの部屋は、特別棟の中でも他の生徒とは少し離れた古い建物にあるそうだ。

——こういう扱いを見ても、よくわからないのよね。ヴィクターが特別上の扱いなのか、それとも少し格下なのか。

古い建物はがっしりとしていて頑丈ではあるが、少し冷えこむし、陰鬱だ。

もしかしたら自分が忍んでいくのではなく、ヴィクターに来てもらう形のほうがよかったのでは、と今さらながらに思う。

だが、ヴィクターとしてはスザンヌに決意をゆだねたかったのでは、とも思い直した。来るかどうかの判断を、スザンヌに託したのだ。

——だけど、ルーシーを寮に戻してしまった以上、私が途中でやめられるはず、ないでしょ。

ひたひたと廊下を歩き、ヴィクターの部屋のドアまでたどり着く。間違えないように、ドアに薔薇を飾っておくと言われた。その薔薇もあるから、ここで間違いはないはずだ。

そっと、音を殺してノックした。聞こえないかと思ったが、すぐにドアは開いた。

夜着姿のヴィクターがすぐ目の前に立っている。その深い色をした瞳が、愛おしむようにスザンヌを見た。

「来たんですね」

「来たわ」

もう覚悟は決めてある。ヴィクターに、初めてを捧げたい。ただ、めちゃくちゃ緊張していた。手を取られて室内に引き入れられたが、自分でも驚くほどに指先が冷えていた。全身にひどく力が入っていて、ギクシャクしている感覚がある。

そんなスザンヌを、ヴィクターがぎゅっと腕の中に抱きこんだ。

「スザンヌ」

耳元で聞こえた低いささやきに、くらりとめまいを感じた。背後でドアが閉じる音を、遠くの出来事のように聞いた。

ぴったりとくっついたその硬い全身を感じるのと同時に、甘い痺れが全身に広がっていった。

「君とこんなことができるなんて、想像もしていませんでした」

「あら？　何でもお見通しだったんじゃないの？」

軽い調子で言い返すと、ヴィクターがクスリと笑う気配が伝わってくる。

「どんな分岐でも現実になる可能性があることは、頭では理解していました。ですが、まさかこのルートに入るとは」

名残を惜しむようにぎゅっと力をこめてから、ヴィクターはスザンヌを離した。

室内には時代がかった家具がいくつか、バランスよく置かれていた。暖炉もあって、落ち着いた雰囲気の広い部屋だ。

スザンヌはそのまま手を引かれて、奥の部屋まで案内される。

その部屋に踏みこんだ途端、目に飛びこんできたのは、その部屋の中央を占める天蓋つきの大きなベッドだった。

――立派だわ。

公爵家であるスザンヌの実家でさえ、ここまでのベッドは当主の部屋にしかない。分厚い布で覆われた天蓋の作りや、細かな彫刻がついた柱。その奥に、ふかふかの枕やクッションが載せられたマットがあるのが見える。

特に天蓋の作りが見事だった。それをもっとよく観察したくて、ふらふらとベッドに吸い寄せられる。ヴィクターの扱いは、やはり別格のようだ。

そんなスザンヌの背後に、ヴィクターが立った。

「心の準備ができましたか？」

そっと首筋にかかる髪をかきあげられて、スザンヌは動けなくなる。すると、うなじに口づけられた。そこから広がる甘い戦慄にすくみあがりながら、スザンヌはどうにかうなずいた。

ベッドに導かれ、その端にそっと腰を下ろすと、前にヴィクターが立った。頬を指でなぞられ、そのしぐさがやたらと胸にしみた。自然と目が閉じてしまう。

――あなたのことが好き。

ゲームのいいなりになるのはやめたのだ。この世界を破滅的な運命から救いたくはあったが、その行為を通じて自分は自由になりたい。その自由に責任が伴うことは理解しているつもりだった。

「好きでもない男と結婚して、私に幸せなエンディングなど来るはずがないの。もう、……チャールズさまとは終わらせるわ」

決意表明のつもりで、口にする。

チャールズと結婚するぐらいなら、自ら破滅の道を選びたい。破滅といっても、真の破滅にはならないはずだ。そうならないように、運命にあらがってみせる。

自分はこの手で、自分の幸せをつかむ。

好きな相手も、自分で選ぶ。

視線を上げると、まっすぐこちらを見つめてくる琥珀色の瞳と目が合った。

「ヴィクター。……好きよ」

思いを抱えきれずに口にする。どんな返事があるのかドキドキしながら待っていたら、顔を寄せられながらささやかれた。

「私も、……君のことを幸せにしたい。生《なま》の君と触れ合うだけで、興奮する。この先、私がどれだけ君を欲しがって、ぶざまな姿を見せても許してくれる？」

甘えるようにささやかれたが、チラリと見たその表情が怖いぐらい真剣だったので、スザンヌは思わず笑った。

「バカね」

ようやく少しだけ緊張がほぐれた。

唇が重なってくる。

唇の表面と表面が触れただけで、泣きだしそうになった。この後、ヴィクターと何をするのかと考えただけで怖いが、逃げだすわけにはいかない。

唇が開き、からまった舌から広がる熱にめまいがする。

壊れそうなぐらい、心臓が鳴り響いていた。

ぬるぬるとからむ舌の感触の生々しさに、身体が落ち着かなくなる。

気づけば、ヴィクターの肩のあたりにすがりついていた。

「っう、……ン……っ」

キスの気持ちよさに、とろんと目が閉じた。そのくせ緊張が消えず、意識のどこかが張り詰めている。

息ができなくて、これが限界だと思ったとき、ようやく唇が離れた。唇の隙間から流れこんできた空気をむさぼる。それから、なにかもわからなくなる前に念を押した。

「ちゃんと、……魔法薬の材料、採取してね。失敗は、……っ、許されない……わよ」

何せ一回きりのチャンスだ。

ヴィクターはスザンヌの頬に自分の頬をすりつけて、ささやいた。

「そうですね。夢中になりすぎないようにします。それに、……できるだけ、痛くないように、最大限の努力を」

――痛いの？

言われて、その可能性に思い当たる。そういえば、痛いと聞いたことがあった。

だが、愛しくてたまらないといったように目を細めたヴィクターの表情の、たまらない色っぽさのほうが貴重だった。目が離せなくなって見惚れていたら、またその顔が寄せられてきた。

「大丈夫です。全部、私にゆだねてください」

「わかったわ」

うなずきはしたものの、着てきたガウンの前をはだけられただけで、恥ずかしさに固まりそうになった。

その下に着ているのは、足首までの白い夜着だ。やはり、もっとそそるもののほうがよかっただろうか。

だが、それ以上考えることができなかったのは、ガウンを脱がされた後で、腰に軽く手を添えられて、そっとベッドに押し倒されたからだ。

それからベッドの中央まで移され、ヴィクターの身体が上に重なってきた。

「緊張してます？」

上からのぞきこまれて、緊張のあまり呼吸が浅くなっているのを自覚した。何でもないふりをすることはできず、観念してぎゅっと目を閉じるしかない。

「少し」

するとヴィクターの手が伸びて、胸のふくらみをてのひらですっぽりと包みこんできた。

「っつ！」

夜着一枚越しに、ヴィクターのてのひらの感触が鮮明に伝わってくる。その手の中で、どくどくと鳴り響く鼓動がやかましい。それは、ヴィクターにも感じ取れたようだ。

「本当だ。すごく、緊張しているのがわかる」

ヴィクターに出会ったときから、心臓はいつもおかしかった。それを、その本人に直接確かめられるときがくるとは思わなかった。その手に包みこまれた乳房まで、やたらと鋭敏になっている。ただ触れられているだけでもぞわぞわしていたのだが、だしぬけに揉《も》みあげられた。

「んっ」

スザンヌが驚いたのと同時に、ヴィクターも乳房の柔らかさにびっくりしたようだ。一瞬手が離れたが、もっと確かめたくなったのか、またそっと揉みこまれる。

揉まれるのは妙な感覚だった。そうされるたびに夜着と乳首が擦れ、じわりと快感がにじむようだ。乳首の感覚が鋭敏に研ぎ澄まされていく。

「すごく柔らかい」

さらに両手まで使って、たぷたぷと両方の乳房の柔らかさを堪能された。痛みを覚えさせないためか、ヴィクターの指からは力が抜かれているから、少しくすぐったくもある。

揉みこまれるたびにむず痒《がゆ》くなっていく乳首のうずきが限界まで高まったときに、ヴィクターは胸から手を離した。だが、その際に指が乳首が思いがけず強く擦りあげた。

「っぁ、あ！」

鮮烈な痺れがその一瞬に駆け抜けて、ビクンと身体がのけぞった。受け止めた刺激は今まで味わったことがないぐらい甘い。

スザンヌが漏らした声に気づいたのか、ヴィクターの指が同じところに戻ってきた。ふくらみのてっぺんを、今度は意図的に指の腹でなぞってくる。

「っん」

そんなふうにされると、固く形を変えた乳首が指に引っかかった。

探るようになぞられるたびに、ますますそこが尖《とが》っていく。余計に指に引っかかることになって刺激が強くなり、スザンヌは漏れそうになる甘い声を必死で抑えなければならなかった。

ついにまとっていた夜着をめくりあげられ、完全に脱がされた。裸体を見られる恥ずかしさもさることながら、直接乳首に触れられると、びくんと身体が跳ねあがる。

「ッん！」

「痛いですか？」

一呼吸置いて、スザンヌは上擦ってかすれた声で答えた。

「痛くないわ。……びっくりしただけ」

ヴィクターはホッとしたようにうなずいて、その形や柔らかさを堪能するように、ふくらみをたっぷりとてのひらでなぞってくる。そうされると乳首まで刺激されるから、たまらなく気持ちよかった。

ヴィクターの手と乳首が擦れるたびに、身体の奥がじわっと熱くうずく。意識が、その敏感な部分へと集中していく。

そのあげくに乳首をきゅっとつまみあげられ、鋭い刺激が下腹部まで抜けた。

「っぁ！」

大きく声が上がり、その声の甘さにスザンヌはあわてて息を呑んだ。

夜の特別棟だ。ヴィクターの部屋は他の部屋とかなり離れてはいるが、夜間にどれだけ声が響くかわからない。

だから、できるだけ声を殺しておこうと思うのに、ヴィクターの指はスザンヌの声をもっと引き出そうとするように乳首にとどまり、そこをつまみあげて左右にねじって刺激するから、味わったことのない快感に唇が開きそうになる。

ぞくぞくしすぎて、身体が震えてしまう。

そのくせ、やめてほしいわけではなかった。ヴィクターが与えてくれるこの初めての快感をもっと知りたい。

そんな自分にとまどうばかりだ。

「これは、……違うの」

「違うって、何がですか？」

ヴィクターの唇が下がってきて、嘘は必要ないとでもいうように、愛しげにスザンヌの下唇を吸いあげた。

「もっと感じてください。感じると身体から力が抜けて、痛くなりませんから。それに、たっぷり濡れたほうが」

――濡れる……？

どこが濡れるのだろうか。

わからなかったが、疑問を口にすることができないでいる間に、ヴィクターの頭が胸元に下がっていく。

「んぁ、……っあ、……んぁあ、あ……っ、ぁ」

乳首を熱い舌にからめとられるのはつかみどころのない感覚なのに、そのくせ快感だけが濃厚に下肢に流しこまれる。

乳首を集中的に、舐められている。じわりと下半身が、溶けていくようだ。舌のうごめきとともに、頭が真っ白になる。

舐められているほうだけではなく、反対側の乳房にもヴィクターの手が伸びた。

そちら側のふくらみも大きな手で包みこまれ、指を食いこまされながら揉みあげられる。

乳首に親指の腹がピタリと押し当てられていた。その指が、揉みこまれるたびに乳首に押しつけられる。それによってぎちぎちに乳首が張り詰めてうずいてきたタイミングをみはからっていたかのように、きゅっとつままれた。

「……っんぁ、……きゃ……っ」

なおも指は離れず、そのしこりをもみほぐすように動いた。舐められているのとは違う、ハッキリとした快感があった。

「は、……んぁ、……あん、ぁ、……あ、あ」

くりくりと乳首を転がされた後で指先で引っ張られ、乳房のボリュームを探るかのように吊《つ》り下《さ》げられて軽く振られた。そんなふうにされると、胸全体が切なくうずく。何度も揺らされて戻され、うずき続ける乳首をこねあげるように指は動く。

両方の乳首から、複雑な快感が下腹部までジンジンと駆け抜けていく。

それをどう処理したらいいのかわからず、スザンヌは無意識に足を擦り合わせていた。

そのとき、何だかその部分が濡れているのに気づく。身体の奥から、何かが滲み出しているようだ。

——これが、濡れるって、……ことなの？

ひたすら乳首ばかりいじられて、おかしくなりそうだ。

「っぁ、……や、ン……っ」

ヴィクターは体勢を変え、今度は反対側の乳首に吸いついてきた。そこからも息を呑むような気持ちよさが広がっていく。

舐められていたほうの乳首には指が伸ばされ、何度もヴィクターにつまみなおされた。

左右の乳首を指と舌で刺激されることによって、自分の下腹部から広がっていくうずきは大きくなるばかりだ。

「は、は、は……っ」

下肢の濡れた部分が甘ったるく溶けたように感じられ、むず痒《かゆ》い感覚でいっぱいになる。

無意識に、そこに手が伸びた。

それは、傷ついた部分を触って確かめるような本能的な動きでしかなかったはずだ。だが、うずく中心に触れた瞬間にぬるっと指がすべり、かつてないほどの快感が全身を貫いた。

「っんぁ……！」

驚きのあまり、指はすぐにそこから離れた。だが、ヴィクターはその指のいたずらを見逃してはくれなかった。

「ここは、後で私がたっぷり触りますから」

そんなふうに言いながら、乳首をなおも唇でついばんでくる。だが、待ちきれなくなったのかヴィクターの手はすぐにスザンヌの太腿をなぞって内側からこじ開けた。

大きく足を開かれ、そこが無防備に外気にさらされる感覚に膝が震えた。

「……ダ、……メ……っ」

そのとき、開かれた足の奥をヴィクターの指先がなぞりあげた。

「ひぁっ！」

強い刺激に、大きく腰が跳ねあがった。それでも、そのぬかるみに押しつけられた指は外れない。ぐちょぐちょと上下になぞってくる。

容赦なく流しこまれてくる快感に、がくがくと腰が震えた。

指がうごめくたびに、ただその快感を受け止めることしかできなくなるほど鮮烈な快感がこみあげてくる。

その甘い快感に溺れさせられているうちに、指がその中でもひときわ感じるところを捕らえた。

触れられただけでも息もできなくなるほどの快感のしこりを、加減を知らずに容赦なく押しつぶされる。

その瞬間、腰を中心に蓄積されていた快感が一気にはじけた。

「つんぁ、……っぁ、あ、あ……っ！」

全身が反り返り、ガクガクと震えた。強い快感が身体を染め上げ、脱力とともにそれがじんわりと肉の中に溶けていく。

それでも皮膚の表面に、びりびりとした感触が残っていた。しばらくは乱れきった呼吸を繰り返すことしかできない。

――今の、何？

自分を襲った快感の爆発が、すぐには理解できずに呆然としていた。すると、ヴィクターがスザンヌの髪をかきあげて、額にキスをした。

「イったんですね」

――イク……？

今のがそうなのだろうか。強烈な感覚すぎてなかなか受け入れられそうになかったが、ヴィクターの眼差しが、ますます愛おしそうに自分を見ていることに安堵《あんど》する。

身体は甘く溶け、しばらくは動きたくないぐらいだるかった。だが、ヴィクターの手がまだ余韻の残る足の間に伸びてきた。

「ッ、ダメっ」

反射的に足を閉じようとしたが、それよりも先にヴィクターの身体が割りこんで、濡れた部分を指先でなぞられる。

「んぁ！」

そうされることで、そこがさらにぐしょぐしょになっているのに気づいた。イったときに、新たに分泌されたのだろうか。指が動くたびに、くちゅっと濡れた音まで漏れる。

「っん、ん、ん……っ」

指の動きに合わせて、濡れたものが押し出されるようだった。さらに指はさきほどひどく感じた部分を探すように伸びてくる。

その突起を見つけ出され、やんわりと圧迫されただけで、ざわっと痛いような刺激が走った。

「っぁ！」

ぎゅっと内腿に力がこもる。

スザンヌの強い反応を見て指は離れたが、濡れた花弁をぬるぬると上下になぞる動きは止まらない。それだけでも気持ちがよくて、眉が寄った。だが、だんだんと先ほどと同じ突起への刺激が欲しくなって、もどかしさばかりが募っていく。

「ッん、……っん」

感覚が研ぎ澄まされ、指の動きを全神経で追っていた。

絶え間なく快感が押し寄せてくるから、考えることもままならない。ただヴィクターの指がそこにあるだけで、全身に流しこまれてくる圧倒的な快感に溺れることしかできない。

ようやくその刺激に慣れてきたころ、ヴィクターの指が感じるところに戻ってきた。

「んあっ！」

その突起を軽くなぞられただけでも、びくんと下肢が跳ねあがった。きつく中を締めつけたせいで、くぷ、と蜜が体内から押し出される。

再びそこを強く刺激されるのが怖くて、指から逃れようと腰が動いた。だが、そのときにはしっかりと膝の裏を抱えこまれていて、自分からはまともに動かすこともままならない。

「っ！」

ぐっと突起を指で圧迫されて、息が漏れた。びりっと全身が痺れたが、野蛮な快感に少しずつ身体が慣れてくる。

その突起を何度も指で柔らかく押しつぶされた後で、ぐるぐると円を描くように動かされた。

「あっ、あ、あっ、あっ」

声を出さずにはいられないほど、強烈な刺激がそのたびに広がる。突起を刺激する合間に、狭《はざ》間《ま》全体を下から上に撫《な》で上げられた。最後にその上部に位置する突起を跳ねあげるように指を使われると、その指の動きに合わせてただ悶《もだ》えるしかできない。

——何なの、……これ……っ。

身体がおかしくなるぐらい、快感でいっぱいにされている。

あふれる蜜を指にまぶしつけながら、ヴィクターの指はさらにそこで自在に動いた。

「強すぎますか？」

そんなふうに不意に尋ねられて、スザンヌはどう答えようか迷った。そこへの刺激は気が遠くなるくらい気持ちがいいのだが、強すぎるようにも感じられた。もっと柔らかな刺激のほうが、そこには合っている気がする。

「え、……ええ。もっと、優しく」

上擦った声で答えると、ヴィクターが抱えこんだ足の狭間に顔を寄せてきた。

「――え、……ぁっ！」

ヴィクターに恥ずかしい部分を舐められているのだと知った瞬間、いたたまれないような羞恥と同時に、たまらない快感が口をつけられているところから湧きあがってくる。指でされるときの痺れはなく、純粋な快感だけが次々と身体に流しこまれた。

「んぁ、……あ……っ」

震えていると、その突起を舐めやすいように、指で大きく狭間を割り開かれるのがわかった。剥き出しにされた突起を、舌先で柔らかくぬるぬると転がされる。それに合わせて、どうしても腰が動いてしまう。普段はあまり意識していないところだけに、何をどうされているのかよくわからなかったが、それでも硬くこりこりになっているのは、自分の身体の一部であることは確かだ。

その突起を舌先で捕らえられ、集中的に舐めねぶられる。襲いかかってくる快感に膝まで震え、ぞわっと鳥肌が立った。

「っんぁ、……あ、あ、あ……っ」

腰を満たす快感は、あまりにも容赦がない。

やけに気になるのは、感じるたびにきゅうきゅうと力のこもる襞《ひだ》の感覚だ。

ひくついていたのがヴィクターの目にもついたのか、うずいてたまらない部分に熱くて弾力のあるものがこじ入れられた。とまどったが、おそらくそれは舌だ。

「っぁ、あ……っ！」

身体の内側を舐められるという初めての感触に、ぞわっと全身が震えた。反射的に中に力がこもり、舌をぬるんと押し出したが、そのときの甘ったるい刺激が腰にいつまでも残る。

また舌先をねじこまれ、そのたびに押し出すことを繰り返している間に、腰の深い部分に快感が蓄積されていく。

うずく部分は、ヴィクターの舌で舐められている入り口付近から、次第にもっと深い部分へと変化しつつあった。

——何、……これ……。

ぼんやりとスザンヌは考える。

男女の情事について、あいまいな知識しかなかった。それでも結婚したら初夜を迎え、自分の身体に男性器を迎え入れることで、子を孕《はら》むのだと知っている。

だけど、その行為がこんなにも気持ちがいいとは誰も教えてくれなかった。自分の身体が、これほどまでの快感を秘めていることも。

「っん、……ぁ、……あ」

呼吸が乱れ、胸が上下する。上向きにされて少し平べったくなった乳房の中心で、じんじんと甘くうずき続けるのは乳首だ。さきほど嫌というほどヴィクターにいじられたせいで、余計にうずいている。

むずがるように上体をひねると、ヴィクターの大きな手が上まで伸びてすっぽりと乳房を包みこんだ。

しこっていた乳首を指の間に挟みこまれて圧迫され、じわりと快感が下肢に伝わる。それが舐められている下肢との快感と相まって、快感が倍増した。

「っぁっ、あ、あ……っ、ダメ……っ」

「何が、ダメ？」

「感じ、……すぎる……わ……っ」

「いくらでも、感じてくれればいい」

乳首にあったうずきが解消されても、ヴィクターの指はそこから離れない。乳首をこね回される。ひちゃひちゃと舌を使われることによって、また腰の奥から、さきほど知ったばかりの感覚がこみあげてきた。

甘すぎる爆発だ。ヴィクターが「イク」と表現したもの。

その前兆に身体が支配されていくにつれて、腰が絶え間なく動いてしまう。乳首がスザンヌの身じろぎに合わせて引っ張られ、舐め続けられている襞からも快感が広がる。

ぬるぬるに全身が溶けていく感覚の中で、乳首からヴィクターの手が離れ、足の間に移動していくのがわかった。

その指が、ついにつぷりと体内に突き立てられる。

「っんぁ！　……っ、ぁ、あ！」

それはゆっくりと根本まで押しこまれ、襞をからみつけながら抜き出された。

指が自分の体内にあることが受け入れがたくて、息を詰めてその感覚を追ってしまう。関節がしっかりとした男性の太い指が、体内にあるだけで落ち着かない。

「ん、……ん……っ」

「力、抜いて」

「でき、な…い、わ…っ」

軽く首を振ったが、ヴィクターが顔を寄せてその指をくわえこんだ亀裂のすぐそばにあった突起を舌で転がしたから、そこから広がる快感に力が抜けた。

また指がくぷりと押しこまれては、抜けていく。指が抜き差しされるたびに、快感が腰に満ちた。

「っぁ、……は……、は……っ」

「中はぐちゃぐちゃですから、もう一本、入りそうですね」

そんな確信めいた言葉とともに、ぐい、と内側から身体がこじ開けられる感覚があった。いきなり倍増した指の存在感に、スザンヌは息を呑む。

だが、重苦しささえ甘さを増す要素になるようで、ぞくぞくと感じてたまらなくなった。

指でみっしりと埋めつくされたそこは、もはやどんなふうに刺激されても快感しか返してこない。ぎゅうぎゅうな感覚があるのは、指を増やされたせいなのか、それとも勝手に自分が指を締めつけているからなのかさえ、スザンヌには区別できない。

「あっ、……あ、……あ……」

指が動くたびに、声が漏れた。たっぷりと掻きまわされて、襞の奥にあったもどかしさが消えているのに気づいた次の瞬間、ビクンと身体が跳ねあがった。

新たに蓄積されていた快感が、限界を迎えて大きくはじけたからだ。

「っぁ！　ンぁ！　あ……っ！」

がくがくと全身を痙攣《けいれん》させながら、スザンヌはまたもや達した。二度目の『イク』感覚は強烈すぎて、意識が取り残されている感覚さえあるほどだった。

痙攣は前と違って、なかなか落ち着かない。イっている最中にもヴィクターが指を動かして、新たな刺激を送りこんでくるせいだ。

全身を快感で塗りつぶされ、ひくひくと痙攣を繰り返していると、ようやくヴィクターが指を抜いてくれた。あわただしく呼吸する。少しずつ、全身から力が抜けた。

「っはぁ、……は……」

じわりと涙をにじませながらヴィクターを見ると、賞賛するように髪をかきあげられ、愛しげに瞼に口づけられた。

「また、イクことができましたね」

「……ン」

イクのは恥ずかしかったが、こうしてヴィクターに褒められると、悪いことではないのでは、と思えてくる。

強烈な快感の余韻が、なおも全身にくすぶっていた。内腿や襞にも、思い出したように痙攣が走る。

そんなスザンヌを眺めながら、ヴィクターが着ていたものをすべて脱いでいくのがわかった。彼の裸の上半身に見惚れていると足を抱えこまれ、ぐちょぐちょになった狭間に硬いものが押し当てられた。

弾力のある熱いものだ。それがヴィクターの身体の一部だとわかった瞬間、腰が逃げそうになった。

それでも、追いかけられて狭間にそっと先端を擦りつけられる。狭間全体をなぞられると、ぞわぞわと全身が粟立《あわだ》つ。指よりも舌よりも、それはスザンヌの身体を熱くさせた。

「は、ぁ……、あ……っ」

スザンヌの体内からあふれ出したもので、そこはぬるぬるになっていた。

これを、ヴィクターは自分の中に入れるつもりだろうか。

よく見ていないが、おそらく指とは比較にならないぐらい大きいはずだ。そんなものが、自分の身体に入るのが信じられない。

――きっと痛いわ。痛いと言われていたのは、これのことだわ。

それでも、頭のどこかで観念してもいた。

こんな行為に至ったのは、必要なものがあったからだ。『乙女の破瓜の涙』を採取しなければならない。

おそらく痛いからこそ、涙があふれるのだろう。それでも、ヴィクターはできるだけ、痛くないようにすると約束してくれた。だから、怖くてもしなければならない。こんなにも、いっぱい濡らして、痛くないようにしてくれたのだから。

スザンヌはぎゅっと目を閉じ、すべてを覚悟してうなずいた。

「いいわ……よ」

ヴィクターが愛しくてたまらないとばかりに、その唇に口づける。

「っん、……ン……っ」

そのキスに、すべてが溶けて、力が抜けきった。次の瞬間、鈍い痛みが下肢から広がる。

「っぁあ！」

無理やり身体を、内側から押し開かれる痛みがあった。歯を食いしばろうとしたが、ヴィクターの舌が口腔内にまだあることに気づく。そのせいで力が入らない。

そんなスザンヌの身体に、ヴィクターの硬い大きなものがなおも入りこもうとしてきた。

「ぐっ」

それとともに、身体を内側からこじ開けられる感覚は強烈になるばかりだ。

「ふ、……ふっ……」

それでも、スザンヌはヴィクターの舌が邪魔になって、拒むこともできない。圧迫感と恐怖に襲われ、パニックのあまり必死になって顔をそむけ、腰を逃がそうとした。

その途端、より深くまで押しこまれる痛みが走った。じわりと涙が浮かぶ。

瞬《まばた》きをしようとしたそのとき、ヴィクターが鋭く声を放った。

「動かないで」

その切迫した声の響きに、スザンヌは動きを止める。

目に綿が近づけられ、直接、涙を吸い取られた。

これを採取するためにヴィクターとこうしているのだと思い出して、一段と混乱が募る。

こんなのは理不尽だという憤りと、どうにか役割を果たせた安堵とがこみあげてくる。ひどく感情が昂って、新たな涙が湧きあがった。

その涙を何度も採取される。用意してあった綿がなくなったときには、すっかりヴィクターのものは深くまで入りこんでいた。

「んっ……」

締めつけるたびに、体内にあるものが独特の弾力を返してくる。

――ヴィクターと、……結ばれている。

これでチャールズを完全に裏切ったことになる。

今までの人生と、きっぱりと決別するしかない。そのことが夢みたいに思えた。それでも、体内にあるヴィクターの感覚は現実だ。

採取した綿を慎重な手つきでガラス瓶の中に入れてから、ヴィクターはその瓶を手が届くかぎり遠くに置いた。

それから、詫びるようにスザンヌの顔に頬を擦りつけた。

「すまない。……痛かった？」

「痛い、わ」

だけど、先ほどあった痛みは、作業の合間にかなり軽減してはいる。

スザンヌの顔の横に手をつき、ヴィクターが見つめてきた。愛しさと同時に、獣じみた飢えが感じられる目だ。

その目でスザンヌをむさぼりたいと強く訴えながらも、ヴィクターの口は信じられない言葉を吐くのだ。

「つらかったら、……このまま、抜いても」

ヴィクターがスザンヌを気遣って、そんなふうに言ってくれたのだとすぐに理解できた。だけど気遣われたことによって、よりヴィクターへの思いが湧きあがる。

「だい……じょうぶ。……あなたも、……気持ちよく、なって」

男性がどうやって快感を得るのか、じんじんとうずく接合部の感覚を通じて、本能的に理解しつつあった。

ささやいた途端、ヴィクターのものが体内でどくんと脈打って、さらに張り詰めた。

「ッん！」

ヴィクターは、スザンヌのことをさんざん気持ちよくしてくれた。だから、今度はヴィクターにも気持ちよくなってもらいたい。

ヴィクターとつながっているところの感覚が、少しずつ変化していた。そこからじわじわと快感が湧きあがりつつある。

「いいのか」

かすれた声の艶っぽさに、スザンヌはそそられた。快感に溺れそうだといったように、目を細めた表情にも。

「いい……わよ」

声を出すだけでも中に振動が伝わり、ぞくぞくと快感が広がる。

だんだんとそこの圧迫感が、快感へと変化していた。

自分を深いところまで貫くこの熱い塊の感触を、もっと味わいたくもあった。

「でしたら、……ゆっくり動く……から。痛かったら、……無理せず、……言って」

余裕がないのか、口調がいつものものから少し変化している。そのことすら、スザンヌをあおりたてる。

それでも気遣うように、そっとヴィクターは動いた。入り口から奥まで、ヴィクターのものに密着しているすべての粘膜が刺激される。

息を飲むとギリギリまで引き抜かれてから、元の位置まで戻された。

ずん、と押しこまれるたびに、それに押し出されて声が漏れた。ヴィクターの手が揺れる乳房に誘惑されたように、胸元へ戻ってきた。

「っん、は」

てのひらで包みこまれ、大切そうに指の腹で乳首を押しつぶされて刺激されると、そこからの刺激が、全身に甘い彩りを加える。乳首からの快感に合わせてざわざわと襞がうごめき、ヴィクターのものにからみついていく。

それでも、ヴィクターの動きは慎重だった。

おそらくスザンヌのどこかが傷ついているのだろう。ある一定のところをヴィクターの先端が通り抜けるたびに、びくっと震えるような痛みはある。だけど痛みは少しずつ軽減して、それよりも濃厚に感じられつつあった新たな感覚のほうに、スザンヌは囚われつつあった。

粘膜を押し広げられる感触とともに、深い位置までヴィクターが入ってきたときに、ぞくっと息を呑むような快感があるのだ。

動かれるたびに増していく甘ったるい感触を確かめたくて、スザンヌの眉が寄る。

くちゅっと中ですべる感触に思わずきゅっと締めつけると、襞をからませながら抜け落ちていった。

「あっ、ん、ん……っ」

スザンヌは薄く目を開けて、愛しい男を見上げた。

ヴィクターはスザンヌとともに、快感をむさぼっているようだ。

目が合うと、何度もキスしてくれる。見下ろしてくる眼差しからは、愛情しか見当たらない。

「……少し、……速くしても？」

懇願するようにささやかれ、実感のないままうなずくと、その直後からヴィクターの動きが切り替わった。

抜き取るときの動きは、さして変わらない。だけど、押しこむときのスピードが少し速くなっただけで、こんなにも違うとは思わなかった。一気に深い位置まで潜りこまされると、入ってくるものがもたらす衝撃に息を呑まずにはいられない。

「あ、んぁ、っ、あ、あ、……っんぁ、あ」

動き自体は変わらないはずなのに、巻き起こる感覚が段違いだった。

スザンヌに苦痛を強いていないか探りながら、さらにヴィクターの動きは容赦のないものに変わっていく。

一気に叩きこまれて、ビクンと全身が反応した。押されて腰がずり上がりそうになると引き戻され、ガツガツと欲望を打ちこまれる。

自分の身体が、彼のための器になった気がした。だけど、それは悪い感覚ではない。そんなふうに彼のものにされ、逃げ場もなく快感を流しこまれるのは。

「んぁ、……は、ぁ……っん、ん、ん……っ」

自分で認識できるのをはるかに上回るスピードでヴィクターのものが入れられ、荒々しく掻きまわされた。

その後で大きく膝を抱え上げられ、深い位置ばかり集中的にえぐられた。そのあたりに、やたらと感じるスポットがあるのを知られたからだ。そこを刺激されるたびに、スザンヌの身体は強く反応して、ヴィクターのものを締めつけずにはいられない。だからこそ、狙われたのだろう。

「っぁ、あ、あ！」

頭の中が真っ白になった。

ねじこまれてびくんと跳ねあがる身体をベッドに縫いとめられ、ヴィクターの楔《くさび》に逃れようもなく穿《うが》たれ続ける。そこから広がる快感が襞をひくひくと痙攣させ、その痙攣がつながっていく。

自分がどうなるのか、この身体がどう変わっていくのか、目まぐるしい変化を短い時間で実感させられていた。

ヴィクターのものを迎え入れるたびに、身体の奥が歓喜に痺れ、さらに体内で嵐が湧きおこる。

「っんぁ、……あ、あ、あ……っ」

三度目の『イク』感覚が、間近に迫っていた。その前兆としてのうずきと、痺れが腰に広がっている。

だが、今までのように一人で『イク』のは嫌だった。今はヴィクターと快感を分かち合っているのだから、彼と一緒にこれを味わいたい。

だけど何もできないまま、ヴィクターの動きに合わせて快感が高まっていく。

ついにある地点で限界まで達したスザンヌの身体が、大きく痙攣した。

「んぁ、……ひぁ、……っあ！」

本能的な動きでヴィクターの腰に足をからみつけるのと同時に、襞が強く体内の硬いものを締めつけた。襞にそれを擦りつけるために、がくがくと腰を揺らす。

その動きが、ヴィクターにも強烈な快感を与えたのだろう。

「っン」

耳元で、ヴィクターのかすれた声が漏れた。

聞いたことのないほどの艶っぽい声の響きに意識を奪われたとき、とどめを刺すように深くまで押しこまれた。動きを止めたそれが、自分の中でどくんと生々しく脈打ったのを、スザンヌは感覚のどこかで感じ取った。

「っぁ!」

襞がひくりとうごめき、ヴィクターの精を搾り取ろうとする。

中で放たれたことで、ようやく全身で荒れ狂っていた嵐が収まった。三度目は図らずも一緒に『イク』ことができたような感覚が残る。スザンヌの身体から急速に力が抜けていく。

「は……」

気持ちよさが濃厚に全身を包みこんだ。指の先すら動かしたくない。身体からヴィクターが抜け出すのがわかったが、そのことに何も反応できないぐらい、急速に瞼が重くなる。

少しだけ、眠らせてもらいたい。

だけど、その前に目を閉じながら告げてみた。

「初めてが、……あなたでよかった」

ちゃんと、その声がヴィクターに届いたのかどうかわからない。

次の瞬間には、夢の中にいたのだから。

第四章

――初めてが、あなたでよかった。

その言葉が、ヴィクターの胸にじわりと染みこんでいく。

それにどう返そうかと考えている間に、スザンヌは眠りに落ちたようだ。長いまつげが閉じ、あどけなく少し開いた唇から規則的な寝息が聞こえてくる。

その顔をのぞきこむと、目の端に涙が残っていることに気づいた。それでも眠りが安らかなことが確認できたので、ヴィクターはその目じりにそっとキスを落として、好きなだけ眠ってもらうことにした。治療薬なら、一人で作れる。

――愛しい。

自分の中に生まれたこの強い感情に、ヴィクターはひたすらとまどい続けている。

この『乙女ゲー』の世界で、自分がその登場人物ではないことはわかっていた。だからゲームの邪魔をすることなく、スザンヌの手助けだけさせてもらって、すべてを傍観するつもりでいたのだ。

なのにスザンヌと顔を合わせ、直接言葉を交わし、温かいその手に触れてしまうと、自分の中でかつてないほどの強い感情が動きだすのを感じずにはいられなかった。

最初は、単なるファン感情でしかなかったはずだ。

何故なら、スザンヌはヴィクターにとって、長い間、画面越しでしか出会えない架空の存在だったのだから。

ヴィクターはかつて別の世界にいた。地球という星の、日本という国の、二十一世紀初頭に。

そこから、自分は転生したらしい。

幼いころから、この世界で育った記憶も同時に残っている。だが十五のときに落馬し、転生前の記憶を取り戻した。

転生前の記憶の中で濃厚に残っているのは、仕事で作っていた乙女ゲームのことだ。ヴィクターは乙女ゲームのディレクターであり、チーム全体を束ねる監督的な立場にあった。

この世界は、ヴィクターが制作した乙女ゲーの世界そのものだった。

そして次に思ったのは、密かに思い入れていたゲームの登場人物と会うことはできないかということだ。ヴィクターが担当していたゲームは人気だったから第三弾まで作られたが、どうしても会いたかったのは、その第三弾に出てくるスザンヌという悪役令嬢だ。

――好みだったんだ。最初のラフで出てきたときから。

不思議なほど、心を奪われた。

立ち絵に心を奪われたことなど、今までになかった。自分は一生、萌《も》えという感情を知らないまま生きていくのだと思っていた。だが、いきなりその架空の存在である悪役令嬢相手に恋に落ちた。

即座に、その絵にＯＫを出した。

何故ここまで、自分がスザンヌに惹かれるのかわからない。

その絵姿に声が加わり、生き生きと画面の中で動かせるようになっていったことで、ヴィクターは自分でも信じられないほどスザンヌにはまっていった。

それでも、ゲームディレクターとしての役割は、キチンと果たしたはずだ。

スザンヌはあくまでも悪役令嬢だ。攻略対象の婚約者である悪役令嬢は正ヒロインの足を引っ張り、邪魔をして、最後には『ざまぁイベント』を経て退場する役割だ。

だからこそ、ヴィクターはその正しい形にゲームを作った。スザンヌを贔屓《ひいき》することなく、ゲームバランスを考えて、悪役令嬢の役割を果たさせた。

第三弾の乙女ゲーは大ヒットし、アニメまで展開されることとなった。その打ち合わせとゲームのヒットのお祝いも兼ねての、打ち上げがあった。

その帰り道、この先の展開について考えながら帰宅したところで、ヴィクターの記憶は途切れている。

最後の記憶は、急接近してきたトラックに立ちすくんだところだった。おそらくあの世界で自分は死んだのだろう。

そして、この乙女ゲーの世界に転生した。

まさか、転生を我が身で体験するとは思っていなかった。

この世界で生まれ育った自分と、前世の自分との記憶を統合しながら、ヴィクターが始めたのはスザンヌ探しだった。

エイミリア王立魔法学園が実際に存在しているのを知り、そこにスザンヌやルーシー、チャールズなどの攻略対象が集まっているのを知った。そうなったからには、直接乗りこまずにはいられなかった。

――『支援者』として、スザンヌを破滅の運命から救いたい。

自分ならそれができる。

この世界には、転生者が何人かいる。スザンヌの祖母もその一人であり、ルーシーもおそらくそうだ。他にもいた転生者を探しだして話を聞き、この世界の基本ルールを理解した。

曰《いわ》く、展開は一本道ではない。分岐に介入し、フラグを折ることで結末を変更することができる。

そんなことを知ったからには、悪役令嬢であるスザンヌが不幸な結末を迎えないように、介入せずにはいられなかった。

だけど、スザンヌを助けるというのは、王太子とくっつけることに他ならない。ルーシーとチャールズが親密度を上げるイベントが発生しないように阻止し、婚約破棄イベントが発生しないようにする。それは、ヴィクターの片思いが実ることを意味しない。

それは覚悟していたつもりだった。いくらスザンヌのことが好きでも、自分は傍観者でいられるはずだ。何故なら、ゲームのディレクターだったヴィクターは、ずっとその役割を果たしてきたからだ。

——だけど、それをするのが困難になった。

スザンヌのことを好きになればなるほど、彼女を王太子とくっつけるのが耐えがたく感じられた。

スザンヌは魅力的だった。その生き生きとした表情に触れただけで、愛しさが胸にあふれる。もっとスザンヌに近づきたい。スザンヌの人生に関わりたい。こんなひと時の関わりだけで終わらせたくない。

いっそスザンヌをさらって、自分のものにしてみたらどうなるのだろう。いろいろと夢想した。だけど、そうした場合の展開が、まるで想像できなかった。ゲームの中のスザンヌは、婚約を破棄され、国外追放で終わっていた。悪役令嬢に余計なイベントや分岐は、ゲームのバランス上、発生させてはならないからだ。

主人公であるルーシーの攻略が失敗したときだけ、スザンヌは王太子と結婚して、この国の王妃となり、いつまでも幸せに暮らす。

それがかつて、ヴィクターが彼女に与えた唯一のハッピーエンドの筋書きだった。

なのに、その結末をスザンヌ本人が望まなくなるとは思わなかった。

これは、どうしたことなのだろう。

混乱しながらも、彼女らしいと感動している自分もいた。

与えられたルートに沿って生きていくのではなく、スザンヌは自分で将来を選ぼうとしている。

だとしたら、自分も望んだ道を進むべきではないだろうか。

決められた将来とは違って、未知のルートを選ぶことに不安がないわけではない。

だけど、スザンヌが選んだからには、ヴィクターも選ぶしかなかった。

何より彼女を幸せにしたい。そのために、自分の持てる力のすべてを注ぎこむ。

決意の印に、眠るスザンヌの唇に、思いをこめてキスをした。安らかな眠りを妨げないように、最大限の意識を払いながらも。

ヴィクターはキスを終えた後で、詰めていた息をそっと漏らした。

——もう、誰にも渡したくない。

決意を決めたのだ。チャールズには渡さない。

自分の中に、ここまでの情熱が潜んでいたとは知らなかった。

ベッドから起き上がり、スザンヌから採取した涙を集めた容器に慎重に手を伸ばす。

あとはただ、ひたすらスザンヌとのハッピーエンドを目指すばかりだ。

ルーシー・マイヤーは、目をパチリと開いた。

眠りに落ちる前まで、ひどい頭痛で頭が割れそうだった。視界がぐらぐらして、ベッドから降りることもできなかった。なのに、今は嘘のように痛みが引いている。熱もすっかり下がっているようだ。

熱に浮かされながら、ひたすら誰かに助けを求めていた。

――誰か助けて。せめてこの頭痛だけでも止めてって、祈ってた。

だが、この転生先の世界では医学が未発達だ。

熱を出せば、薬師が呼ばれる。薬草はさして効かないし、見立ても適当だ。

もっとお金があれば、魔法使いが呼ばれる。だが、魔法薬はひどく高価だから、平民に転生した自分では買えそうにない。

――だから、この世界で長く生き延びるためには、金と権力のある攻略相手を堕《お》とすしかないって思っていたの。

熱に浮かされながら、いろいろなことを考えた。

乙女ゲーの世界に転生し、そこそこ攻略はうまくいっていたはずだ。

だが、どこかで何かが狂った。チャールズ攻略の選択肢を間違えたつもりはなかったのにイベントは発生せず、それをリカバリーしようと行った媚薬作りにおいて、こんな体調不良に陥った。

完全に、これはバッドルートだ。

もともとルーシーは、家で乙女ゲーばかりしているようなひきこもりキャラだった。転生前の世界では、まともに男性と話をしたこともなかった。三次元の男は苦手だ。そんな自分が、乙女ゲーの正ヒロインとして活躍するには無理があった。

——頑張ってはみたんだけど、しょせんはひきこもりよね。

昨日、高熱に浮かされながら、ルーシーは神さまと頭の中で取引したのだ。

——このまま死なずにすんだら、玉の輿《たまのこし》とか考えずに地味に働きます。だから、ここで死ぬのだけは勘弁してください。

その願いが通じたのか、昨夜、妙な夢を見た。

女子寮にあるルーシーの部屋の、ベッドのそばに誰かが立っていたのだ。

熱に浮かされ、もうろうとした状態で見たのは、恋のライバルであるスザンヌだった。

転生前の世界で乙女ゲーをしていたときには蹴落とす対象だとしか思っていなかったのに、実際に接した悪役令嬢は、自分では太刀打ちできそうにないほど美しくて評判も良かった。

淡いランプの光に、スザンヌの神々しいほどの美貌がぼうっと浮かび上がっていた。

死の天使かと思った。それくらいスザンヌは綺麗だった。

その美しさを目で捕らえながら、自分はここで死ぬのかな、とぼんやりと考え、苦しい息を繰り返しているしかなかった。

するとスザンヌは乾ききったルーシーの唇に触れ、開かせた。それから、口の中に何かを注ぎこんだのだ。

どろりとした液体は、苦くてまずかった。反射的に吐き出そうとしたが、ルーシーの口をスザンヌはてのひらで強引にふさいだ。飲みこんだのを確認してから、ホッとしたようにささやいた。

『大丈夫よ。これで、あなたは元気になれるわ』

だけど、その言葉にルーシーはかすれた声で応じた。

『生きてたって、……いい、……ことはない……の』

高熱の苦しさと、攻略に失敗したという絶望感とで、心も身体もボロボロだった。スザンヌと間近で接したことで、その神々しいほどの美貌をつきつけられ、打ちのめされていた。こんなにもチャールズの攻略を頑張ったというのに、彼女が相手ではかなわない。チャールズの心はスザンヌのものなのだ。

――それに、スザンヌさまには、何度も助けてもらった……。

お茶会の最中にお茶をこぼしたのをかばってくれたのみならず、特別授業のときには、爆発に巻きこまれて大きく乱れた衣服を、持っていたブランケットですっぽり包みこんで隠してくれた。

あのときの恩は忘れられない。

助けられるたびに、スザンヌのことを好きになってしまう。本当は、彼女に打ち勝たなければダメなのに。

そんな自分の甘さも思い知らされて、ボロボロと涙があふれた。

すると、スザンヌはルーシーを見つめながら、微笑みまじりに言い放ったのだ。

『バカなこと言うんじゃないわ。何でもできるのよ、私たちは』

スザンヌはルーシーの部屋の中をぐるりと見回し、壁にかかっていた薬草の束に目を留めて、にっこりと笑った。

『そうね。あなたは頭がいいし、癒やしの魔法が使えるのだから、それで生計を立てればいいわよ。ちゃんと病を癒やせる魔法使いは、どこに行っても重宝されるわ。学園でしっかり学んで、薬の知識も得ておくの。人に頼られるのはいいものだし、何よりお金になるわ』

世間知らずの公爵令嬢のはずなのに、世俗に通じたようなアドバイスをくれるのが不思議だった。その後で、スザンヌはルーシーの髪を優しく撫《な》でた。

『それにね。人の命を救えるのは、とても気分がいいものよ。それがたった一人であったとしても』

そのときのスザンヌの眼差しは、限りない慈愛にあふれていた。

その指の優しい感触と、包みこむような優しい声の響きに誘いこまれて、ルーシーは深い眠りへと落ちていったのだ。

そして、目が覚めたときには、すっかり熱が冷めていた。スザンヌが深夜に部屋に現れたのは、現実だったのか夢だったのか、よくわからない。それでも身体に力がみなぎっているのは確かだ。

昨夜の死にそうな高熱は、どこかに行ってしまった。

――また、スザンヌさまに助けられたわ。

ルーシーはベッドから起き上がり、窓から外を見る。

快晴だ。

高熱が引いたばかりのせいか、全身がふわふわしていた。何だか、生まれ変わったような気までする。

思い出すのは、昨夜、スザンヌが言い残していった言葉だ。

『何でもできるのよ、私たちは』

その言葉が、ルーシーに勇気を与える。

攻略には失敗した。この先、自分の人生がどうなっていくのかわからない。

だったらスザンヌが言うように、何かで生計を立てて生き抜くしかない。

――そうよね。……攻略はうまくいかなかったんだし、本当はリアルの恋愛は得意じゃないの。

私はひきこもって、本とか読んでいるほうが似合っているわ。……この先の攻略はすっぱり諦めて、ここで勉強を頑張って、魔法使いとして自立する道を目指すべきじゃない？

スザンヌも助言してくれた。

ルーシーには癒やしの力が備わっている、と。

さして強い力ではないから、魔法薬の助けが必要だ。だが、まだまだ医学が未発達のこの世界において、薬は何より大切だった。

人を助けることができる魔法使いになれれば、ルーシーはこの先も生きていける。チャールズや、その他の攻略相手に頼らなくても、自分自身としての人生を綴ることができる。

死ぬかと思うほどの高熱を出した直後だから、ことさら誰かを助けたい気持ちが強くなっていた。

――そうね。最初から、そうするべきだったのよ。そうよね、スザンヌさま。

攻略は失敗だ。諦めよう。

だけど、ルーシーの人生はここで終わらない。

この先、生きていくすべを、この学園でどうにか身につけていこうと、ルーシーは決意した。

第五章

「すごいわ」

ごくりと、スザンヌは息を呑んだ。

授業を終えて特別寮の応接室に戻り、銀行からの使者が置いていったばかりの書類を開いたところだ。

ジョン・ワッツ商会の株を半分売り払った額が記されていたのだったが、とんでもない額になっている。

――これって、最初に投資した額の、……何十倍……！

目をつけていた船も、この金があったら一括で買える。おつりもくる。株というものが、ここまで資産を生むとは思っていなかった。これは、新たな驚きだ。

ジョン・ワッツ商会からも、別に手紙が届いていた。二人組の創設者である彼らは、スザンヌが株を半分売ったことを承知しており、残りの株は売らずに手元に残しておいたほうが、自分たちがさらに資産を増やすので得策だと伝えてきた。さらには、スザンヌが船を買って事業を興そうとしていることをどこかから聞きつけたらしく、今後の商売の話をしようと提案してきている。

――やっぱり、いいツテというのは財産になるわね。

彼らと一度会って話をしたいと思いながら、スザンヌは船の資料を引き寄せた。

手元に資金が入ってきたから、いつでも即金で買える。

最初に目をつけたこの船にしようか、それともさらに大きな、蒸気機関の発達した大型船がいいのか。はたまた小回りの利く小さな船を、いくつも所有したほうがいいだろうか。

実際に船が買えるとなると浮かれて気持ちが定まらず、ふわふわとした夢想でいっぱいになる。

そのとき、応接室のドアがノックされた。

応じると、顔を見せたのはヴィクターだ。

その顔を見ただけで、スザンヌはドキドキしてしまう。ルーシーを救うために、彼と関係を持った。あれから、二週間だ。

ルーシーは無事に熱が下がったようで、元気にしていた。すれ違ったときに声をかけてみたが、スザンヌを見ただけで真っ赤になって、深々と頭を下げてきた。

あの晩、スザンヌが治療薬を飲ませに行ったときのことを、覚えているのだろうか。恩を着せるつもりはなかったから、尋ねられてもあの夜、行ったことは否定しておいたが。

ヴィクターとはその後、会うたびに鼓動が騒ぎ、全身が落ち着かない感じになっていた。だが、どこかぎくしゃくしてしまうのは、スザンヌにはチャールズという婚約者がいるからだ。

ヴィクターと関係を持ったことで、婚約者を完全に裏切った。だから、チャールズとの関係は早々に切っておきたい。

そう思って婚約を破棄した場合の船などを急いで準備しているのだったが、ヴィクターはヴィクターで忙しいようだ。

あれからヴィクターは、どこか吹っ切れたように思えた。

誰か人がいるときには、ヴィクターはスザンヌに近づいてはこない。だけど、二人っきりでいるときには、たまらなく親密な空気を漂わせてくることがある。

何か物言いたげだ。

ヴィクターは何かを待っているように思えた。何かの準備が整うのを。

「座って」

応接室にあるテーブルと椅子を、スザンヌはすっかり自分の部屋のもののように使っていた。それくらい、ここに入り浸っている。

スザンヌが指し示したのは、目の前の席だった。

授業が終わったら、ヴィクターにここにきてもらうように伝えてあった。どの船を購入すればいいのか、相談に乗ってもらいたかったのだ。

自分でも飲みたかったので、お茶の準備をしながら、スザンヌは口を開いた。

「あと少しで、学園の卒業記念パーティがあるわ。おばあさまの預言書によると、そこで私はチャールズさまに振られて、婚約破棄のイベントとなるはずだったのよ。だけど、ルーシーとチャールズさまのルートが完全につぶれている今、どうなるかはわからないんだけど」

「たぶん、ここまでフラグがへし折られているからには、婚約破棄イベントは起きないはずです」

そんなふうに言い切ったヴィクターに、スザンヌはうなずいた。

チャールズとスザンヌの関係は、『スザンヌの中では』完全に終わっている。

「チャールズさまとの婚約を、解消したいの。チャールズさまのほうから切り出さないのだったら、私のほうから切り出すつもりよ。だけど問題になるのは、婚約破棄の方法なの。私が死罪か、国外追放になるような罪を犯さないと、チャールズさまとの婚約は破棄できない。だから、国外追放となるような罪を、何でもいいからでっちあげて、国外追放になるつもりでいるわ。だから、卒業記念パーティのときまでに船を準備しておく必要があるの」

そう言って、スザンヌはヴィクターの前に船の書類をずらずらと並べた。

「で、船なんだけど、……これが悩むのよ」

選び抜いて、船は五隻まで絞ってある。書類には船の見取り図と、その船の詳しい性能や値段が書いてあった。

「どの船も魅力的で、見ているだけでわくわくするから、あなたの意見を聞かせてもらいたいのだわ。私は少し浮かれているから、客観的な意見を聞いておきたいの。船をあっせんする商人たちは、いいことしか言わないいし。もちろん、全部船は下見してあるわよ。木材が古くなっていないか、蒸気機関が壊れていないかも、専門の職人を連れて確認してあるわ。その辺は抜かりなく」

ヴィクターはその書類を一瞥《いちべつ》してから、顔を上げた。

「君の行動力は素晴らしい。だけど、少し待ってくれ」

「何を待つのよ。卒業パーティまでに船を準備しないといけないのよ。あなたは何かと優柔不断だわ」

スザンヌはきっぱりと言い切った。恋についても優柔不断だと言いたかったが、そこまで言及しなかったのは、自分の優しさだと思って欲しい。

ヴィクターは苦笑しながら、軽く肩をすくめた。

「優柔不断なのは認める。だけど、慎重にことを進めなければならない。まず、君が国内追放になる理由だが、そのために罪をでっちあげることだけは避けてもらいたい」

「あら？　だったら、どうするのよ？」

関係を持ったからか、彼の言葉遣いが自分に対して少しずつ変わってきている。

敬語での言葉遣いが砕けるたびにドキッとしてきたから、それが日常になるのは心地よくもあった。

彼が自分に心を開いているように思えるからだ。

――本人には、どこまでその自覚があるのかしら。

気になりはしたが、スザンヌが今、追及したいのは、話の内容のほうだった。

「君との婚約破棄には、とある方法を見つけてある。それがうまくいくように、密かに進めている最中なんだ。悪いようにはしないから、君がやってもいない罪をかぶることだけは避けてくれ」

「ん。まぁ、それはそれでいいわよ。だったら、船もいらないの？」

「いや。船は必要だ」

「そう」

何が何だかわからずに、スザンヌは首をひねる。それでも船は今後の商売にも必要だったから、どれを買うかの相談をすることにする。

「船が五隻あるの。どれも魅力的なのだわ」

それぞれの船の長所と短所を並べたて、ヴィクターに説明していく。

こんなふうに言葉にすることで、自分でもあらためて船の情報を整理できた。

ヴィクターは書類を置いたテーブルのほうに軽く乗り出して、スザンヌの説明を熱心に聞いている。涼やかで賢そうなその表情に、スザンヌは見惚れそうになる。

スザンヌの説明が終わると、ヴィクターは頭の中を整理するように押し黙り、紅茶のカップに口をつけた。

香りを楽しむように飲んだ後で、言ってくる。

「どの船にも、強く惹かれる点とダメなところがあるようだな。そのあたりを、君は十分に理解している。こんなとき、判断の基準となるのは、この船を君が何のために使いたいかという目的だけど」

「目的、ね」

「君がこの船をどのように活用したいと思っているか、だ。物を運ぶつもりなら、それにふさわしい船を。人を運ぶつもりなら、客室が多い船を。新大陸へと頻繁に移動して、素早く物を運びたいのなら、足の速い船を」

「なるほどね！」

ヴィクターの言葉は、すとんと腑《ふ》に落ちた。

自分でも目的をそれなりに意識しているつもりだったが、あらためて言われると、そこがやはり一番大切なのだと理解できる。

スザンヌは椅子の背もたれにもたれて、うーんとうなった。

「私はせっかちだし、最初のうちはいろいろ経験を積みたいから、大きな船で大量に品を運んで、大きな取り引きをするよりも、素早く動けるようにしたいわ。扱う品物も、大きくてかさばるものよりも、軽くて珍重される香辛料とか、そのとき流行りの布とか、飾り物とか、そういう品のほうがいいわ」

「だったら、足の速い船に決まりだ」

言われて、スザンヌはにっこりした。

目まぐるしく物事が動いている。大陸をまたにかけた商売人を相手にしているのだから当然かもしれないが、そのペースに巻きこまれて、判断の基準を自分で見失うところだった。

「だったら、この船ね。まずは一隻。使い心地を見て、増やしていくわ。この船なら、卒業式パーティのときまでに、エイミリアの港に移せるし」

「その船で、どこに行くつもりなんだ？」

尋ねられて、スザンヌは挑戦的にヴィクターを見つめた。

「まずは、隣国オリバースよ。そこから、まずはオリバースの植民地のある新大陸に向かって、船の登録を済ませるの。そこなら、エイミリアを追放された私でも、船主として登録できると聞いているわ。新大陸なら、土地も買えるって。今は、オリバースの法律や商習慣を集中的に学んでいるところなの」

だが、気になるのは今後のヴィクターとの関係だった。

――あなた、いったい、どこの何なのよ。

そこがいまだにわからなくて、モヤモヤする。スザンヌは卒業パーティの後でこの国を離れるつもりだが、ヴィクターは今後も自分の人生に関わってきてくれるのか。

そんなふうに思っていたのは、ヴィクターも一緒だったらしい。

思い切ったように、切り出してきた。

「君に、今後のことについて話がある」

すうっとあらたまったヴィクターの表情に、スザンヌはドキッとした。何か大切な話をされると思ったからだ。

「君の今後の商売とも関係があるから、完全に君が腹を決める前に、相談しておきたい。もっとも、うちは商売は自由、ってことになっているから、君を型に押しとどめる意図はないんだけど」

「商売は自由？」

何を言っているのだろうと、スザンヌは首をひねる。

ヴィクターはスザンヌがまずは向かおうとしていた隣国の、王都に面した港を指先で指示した。

「ここは、うちの領土だ」

「ふぅん」

何となくうなずいた後で、スザンヌは固まる。

――うちの領土？

ここは隣国の領土だ。

しかも、船の立ち寄り先として調べてあったから、王都に面したこの重要な港は、王の直轄だと知っている。

ざわっと胸の底が騒いだ。

エイミリア王立魔法学園の卒業式が始まった。スザンヌにとっては、そのパーティが正念場だ。スザンヌよりも一つ年上のチャールズは、今年で卒業となる。

卒業式後のパーティには、卒業生と在校生がともに集う。来るべき社交界デビューに向けて、卒業生がリハーサルするイベントでもあった。

パートナーがいる卒業生はその相手と一緒に入場することになるのだが、チャールズからの誘いを、スザンヌはいろいろと理由をつけて断るしかなかった。

だから当てつけに、もしかしたらルーシーや誰かと一緒に入場してくるかとも思ったのだが、どうやらそれもないようだ。

チャールズの登場は、その身分もあって最後だ。

名前を呼ばれて、次々と卒業生がパーティ会場に入ってくる。

最後にチャールズの名が呼ばれたが、彼が単身で現れたことに、周囲はざわめいた。おそらく、婚約者であるスザンヌと一緒ではないことにとまどったのだろう。

だが、スザンヌは澄ました顔だ。

少し離れたところにルーシーがいたが、彼女は元気だ。魔法薬が効いて、疫病は治った。

疫病から回復してからルーシーは、憑《つ》き物《もの》が落ちたような顔になって、チャールズにつきまとうこともしていないらしい。

何だかサバサバして見える。それに、急に勉強熱心になったようだ。このところ薬草園に入り浸っているし、薬草学の教授に質問している姿も見かける。

——それだけじゃなくって、やたらと私に懐《なつ》いてくるのよね。

じいっと熱をこめた目で見つめられているような気がする。何度か、いい匂いのする草の入ったクッキーもプレゼントされた。

そんなルーシーとの関係は良好だが、チャールズのほうもやたらとスザンヌに話しかけてくるのには閉口する。気を惹くような態度も取ってくるのだ。

だが、彼と何かと話すようになって、見えてきたものがあった。

——チャールズは、やっぱり自分しか好きじゃないのよ。

女性は自分を引き立たせるための飾りとしか思っていないのが、その言動の端々から読み取れた。

スザンヌはずっとチャールズを避けているのだが、それがまるで伝わらない空気の読めなさもさすがだ。

スザンヌの最近のお気に入りは、特別室ではない普通の食堂で朝食をとることだった。

——わりと楽しいのよね。

何せいろいろな人がいる。

公爵令嬢は近寄りがたいと思われていたようだが、スザンヌのほうから話しかけてみたら、興味深い友人が何人もできた。

新しい航路を見つけて、世界一周をしたいという夢を持っている少女だとか、東洋に布教に出かけたいと思っている青年。さまざまな夢を胸いっぱいに抱えた、新しい世界の冒険者たち。

そんな新しい友人たちと話していると、自分もエイミリア王国の中だけにとどまっていることはないのだと思えてくる。

何より影響を与えたのは、ヴィクターの存在だった。

ただ、ヴィクターとの関係は表沙汰にしていない。

スザンヌはチャールズの婚約者である状態が続いていたからだ。チャールズとの婚約破棄の準備が整うまでは、名誉に傷がつくことがあってはならない。

卒業式の後のパーティが行われているのは、学園の全生徒が入れるぐらいの大広間だった。貴族の屋敷さながらの豪華な空間だ。

そこに正装をした生徒たちがひしめいている。

そんな中で人目を惹くのは、やはりチャールズだ。さすがに、見かけだけは端正な貴公子だ。

だけど、スザンヌの眼差しは少し離れたところに立っているヴィクターに向けられていた。

白一色のチャールズとは対照的に、ヴィクターは黒を基調にした衣装を身につけている。

平民だと言い張るには無理のある、豪奢な衣装だった。遠目には黒一色に見えるが、少し近づければ、その上着のいたるところに黒曜石や黒瑪瑙《オニキス》が縫いこまれているのがわかるはずだ。

首元のレースも見たことがないほど精緻だった。確かな技術で仕立てられた最高級の礼服が、ヴィクターの端正さを際立たせている。

そんなヴィクターの姿には、この会場に集まった多くの女性が惹きつけられるらしい。その周囲には、いくえにも人垣ができていた。パーティが始まるなり、いち早く彼にダンスを申しこもうと待機しているに違いない。

それを見ているスザンヌも、今日のパーティにふさわしくめかしこんだドレス姿だった。

胸元から腰のラインは、我ながら完璧だ。玉虫色に光る特別な生地に、たっぷりと襞を取った釣り鐘型のスカート。襟や袖のそれぞれを、レースやリボンで華やかに飾り立ててある。

会場に今日の主役である卒業生が全員入ったことを確認して、楽隊が音楽を奏で始めた。

パーティの始まりだ。

しばらくはベランダに出て、この時間をやり過ごすつもりだった。だが、行く途中でチャールズがスザンヌの行く手をふさいだ。

「踊ってくれないか」

婚約者であれば、最初の一曲か、最後の一曲を踊る決まりだ。だが、スザンヌはすげなくそれを断るしかない。

「ごめんなさい。今日は足を怪我していて、踊れないの」

だが、チャールズはそんなスザンヌの前でひざまずいた。

――え？

何かが始まりそうな予感に、スザンヌの鼓動は乱れる。周囲もチャールズの行動にざわついているのが伝わってくる。

うやうやしいしぐさで、チャールズが胸元から取り出したのは、小さな細工箱だった。その中から指輪を取り出すと、スザンヌのほうに差し出しながら言ってくる。

「スザンヌ。ずっと婚約者として付き合ってもらっていたが、次の私の誕生日に、結婚しよう」

——プロポーズイベントだわ……！

ここでそれが始まるとは、予想外だった。チャールズからのプロポーズは断ったつもりだった。だが、チャールズは時期さえずらせば大丈夫だと考えたのかもしれない。

ここでプロポーズに応じて指輪をもらい、ハッピーエンディングに突入するのが、悪役令嬢スザンヌにとってのハッピーエンドとなるのだろう。

だが、スザンヌは指輪を受け取る気はさらさらない。

——だって、……チャールズには完全に幻滅しちゃったんですもの。

互いの家柄だけが問題であって、本人の意思が介在しない婚約者だ。そういうものだと思っていたから、せめて見目麗しいのは助かると思っていた。

——だけど、愛がないとダメなの。

そのことをスザンヌは思い知った。ここでゲームがどう展開するかなんて知らない。ヴィクターは婚約破棄についてはは自分に任せてほしいといっていたが、どうするつもりなのだろうか。

スザンヌは腹をくくった。

チャールズを見据えて、ハッキリと伝えることにする。

「ごめんなさい。お断りするわ。あなたと結婚するつもりはないの。婚約は破棄するわ」

「どう……した？　まだ早いと？」

「早い、遅いの問題ではないのだわ。あなたと結婚するつもりはないの。金輪際よ」

フロアの中央ではダンスが続いていたが、目立つ二人のやり取りに人垣が作られつつあった。

断られたということをようやく把握して、チャールズが指輪を小箱に戻した。胸元にしまうと、立ち上がる。

「だが、おまえが私の求婚を断ることはできない。王族と婚約している淑女は、死罪か国外追放になるほどの罪を犯していなければ、婚約を破棄することは許されないはずだ。おまえは、死罪か国外追放になるほどの罪を犯したとでもいうのか！」

そのとき、割りこんできたのはヴィクターだった。

「ですが、死罪か国外追放になる以外の、第三の道があることをご存じでしょうか？」

「第三の……道、だと……？」

きょとんとしたチャールズに、ヴィクターは言った。

「王族との婚約者が、婚約を破棄できる条件について、あらためて条文を確認しておきました。第三の道とは、エイミリア王国の王族よりも、有利な相手からの求婚があることです。その相手との結婚を国王陛下が許した場合には、たとえエイミリアの王族であっても、婚約は罰則なしに破棄されることが認められています」

「私よりも有利な相手だと……？」

自分よりも上になる存在がいるということを、チャールズはまるで理解できないでいるらしい。

それを理解したスザンヌは、説明せずにはいられない。

「たとえば、この大陸に存在するさまざまな国の権力者。エイミリアの王族に嫁がせるよりも、その国とのパワーバランスを考えたら、他国にエイミリアの娘を嫁がせたほうが有利な時勢になった場合、かしら。特に戦争とか、情勢がきな臭くなって、早急に同盟が必要になったときなどに、絆《きずな》を強固にするために、婚姻関係を結ぶことがあるわ」

「なるほど？」

ここまで説明しても、チャールズはぽかんとした顔のままだ。まるで勉強をしていないから、この大陸のパワーバランスや最新の情勢について、理解していないのだろう。

ヴィクターがめかしこんでいた意味を、ようやくスザンヌは理解した。

ヴィクターはもしかして今日、こうしてチャールズと対峙《たいじ》することを覚悟していたのではないだろうか。

チャールズの前に立っても、ヴィクターはまるで見劣りしていなかった。むしろ、ヴィクターのほうが凛《りん》として見える。

その強い光を宿した印象的な瞳でチャールズを見据え、ヴィクターは艶《あで》やかに一礼した。

「今さらながらのこととなるが、あらためて挨拶させて欲しい。ゆえあって身分も本名も伏せていたが、私はヴィクター・デ・オリバース。このエイミリア王国の隣国である、オリバース神権王朝の第一王子」

「隣国の、……第一王子……だと」

チャールズが呆然とつぶやいた。

ヴィクターの名乗りを聞いて、フロア中にざわめきが広がっていく。

何故なら隣国は大国だ。

他の大陸にまで積極的に進出している隣国と、このエイミリア王国との国力の差は開きつつあった。特に今の国王である、オリバースⅢ世の勢いが凄《すさ》まじい。

このままでは、エイミリア王国もいつ隣国に攻めこまれるかわからない。ここは急いで同盟や和議を結んでおくべきではないかと、そんなふうにささやかれているところなのだ。

――その、オリバースの第一王子。

オリバースⅢ世の跡を継いで、いずれはオリバースⅣ世になることを約束されている存在だ。

堂々と名乗ったことで威厳すら漂わせるようになったヴィクターは、チャールズに向けて宣言した。

「先日、我がオリバース神権王朝オリバースⅢ世から、スザンヌへの正式な婚姻の申し入れを、エイミリア王に行った。そして、昨夜、承諾された。これによってスザンヌと君との婚約は破棄となり、罰則なしに我がオリバースに嫁ぐことが決まった。そのことを、まずは君に知らせておきたい」

「なっ」

チャールズは絶句した。フロアのざわめきも大きくなる。スザンヌも息を呑んで、この展開を見守るしかない。

まさか、自分がスザンヌに求婚する前に、合法的に隣国の第一王子に奪われるとは思っていなかったのだろう。そんなチャールズの目の前で、ヴィクターはうやうやしく巻物になっていた書類を広げてみせた。

「確認してくれ。その承諾書類だ。エイミリア王のサインがある。間違いなく、エイミリアが国家として、スザンヌと君との婚約破棄を認めている」

目の前に突きつけられたそれを、チャールズはまじまじと眺めた。

公的書類に使われる押し印のある羊皮紙に、エイミリア王家の紋章。間違いのないエイミリア王のサインまで突きつけられたことで、チャールズはそのことを認めざるを得ないようだ。

それに加えて、ヴィクターの正体にも衝撃を受けているらしい。

「なんでおまえが」

わなわなと震えている。

そのようすに、スザンヌも初めてヴィクターの正体を教えてもらったときのことを思い出した。ヴィクターには気品があったが、偉ぶったところがなかったから、そこまで身分がある相手とは思っていなかった。

——そうよね。私も最初、驚いたわ。

騎士や身分のある者が、諸国を遍歴して見聞を広めるのは、ひと昔前まではよくあったことらしい。だが、最近では街道の整備や大型船の発達などで旅がしやすくなった半面、政情不安があるから、その国の王位を継ぐものが身一つで国外に出るなんてことは滅多にないと聞いている。

「どうして父王が、私よりもおまえを……！」

チャールズは往生際悪くあがく。

この会場にいる人間で、婚約破棄について納得できないのは、おそらくチャールズだけではないだろうか。

力をつけている隣国の王子とエイミリア王国の公爵令嬢との婚姻によって、両国間の緊張を緩めたいと思うのは、エイミリア側にとってみたら当然の話だ。

だが、チャールズは声高らかに宣言した。

「私は！　認めるわけにはいかない」

こんな態度を見せるのは、自分への愛情があるわけではないのだと、スザンヌにはわかっている。単にプライドが傷つけられただけだ。

エイミリア王国にとって、隣国との緊張を緩めるのがいかに大切なのかもわかっていない。

そう思うと、スザンヌの気持ちはますます冷めた。

正攻法でチャールズとの婚約を破棄したかったのだが、これでチャールズが納得しないというのなら、今後の面倒を避けるために、切り札を出すしかない。

「いくら陛下が認めても、私は認めないからな！　こんな男に、寝とられるわけにはいかない」

騒ぎ立てるチャールズに向けて、スザンヌは冷ややかに声を発した。

「でしたら、私の気持ちは？」

「え？」

「さんざん、あなたの浮気を見て見ぬふりをしてきたわ。手あたり次第、よくも手を出してきたものですこと。ですけど、中で一人、……どうしても手を出してはいけない相手との関係があるのではなくて？」

「はぁ？　何を言ってるんだ、おまえは」

すぐには思い当たらないらしく、チャールズはせせら笑う。

そんな元婚約者に、スザンヌは声を低めてささやいた。

「ひとこと陛下に申し上げたら、大変なことになる相手ですけど」

突きつけた途端に、チャールズの動きが止まり、みるみるうちに顔から血の気が引いていくのが見てとれた。

スザンヌはチャールズと婚約破棄するための材料の一つとして、浮気について調べている。その中でわかったのは、とんでもない相手との関係だった。

国王はチャールズを生んだ王妃と死別し、その後で再婚していた。後妻は若くて魅力的なナーヴィスだ。

そのナーヴィスとチャールズの、道ならぬ恋までスザンヌは探り当ててしまったのだ。

二人の間に交わされた恋文を、間諜《かんちょう》に証拠として押さえさせてある。

チャールズはわなわなと震えながらも、しらを切ろうとした。

「お、おまえは何のことを……っ」

「ですから、私が知っていることを表沙汰にされたくなかったら、お黙りなさい」

いくら王太子といえども、国王の後妻と通じていることが知られたら廃嫡される。

王にとっては、その血統の確かさが何より優先されるからだ。ナーヴィスがチャールズの子を孕むようなことは決してあってはならない。

――だから、王の血筋がからんだときには、浮気は重罪。

そのことをチャールズもよく知っているはずだ。禁忌が恋愛のスパイスとなっているのかもしれないが、これはとんでもないことだ。

「陛下に申し上げられたくなかったら、おとなしく私とのことは諦めて頂戴。正式な手続きを経て、あなたとの婚約を破棄したの。だから、これからは私に一切かまわないで」

きっぱりとスザンヌが宣言すると、チャールズは無言で踵を返した。

こうなったら、抗議の声も上げられないのだろう。ナーヴィスとは断続的に関係が続いているようだから、もしかしたら彼女の元に、よしよしをしてもらいに行くのかもしれない。

ヴィクターはチャールズがこのパーティ会場から出ていくところまで見送ってから、おもむろにスザンヌの前でひざまずいた。

胸元から小さな箱を取り出す。その中に入っていたのは、美しい輝きを放つ赤い石が花弁のようにはめこまれた指輪だ。

チャールズに続く二度目のプロポーズだったが、それを受け止めるスザンヌの気持ちはまるで違っていた。息を詰めて、ヴィクターがどんな言葉で求婚してくれるのか、待ってしまう。

「君を破滅の運命から救うために、私は隣国からやってきた。己を殺して、王太子と君が結婚するのを見守ろうと思っていた。だけど、君は私が思っていたよりもずっと強くて、生き抜く力を備えている。王太子と無理にくっつけることをしなくても、君は君で生きていける。すべては、自分の思い違いだと気が付いた。……そんな君のそばに、一生いたいと本心から願うようになった。よければ私と、結婚してくれないかな」

まっすぐにスザンヌに顔を向け、少しだけ緊張と恥ずかしさを感じさせる表情でそんなことを言うヴィクターの顔を見ていると、スザンヌの胸はじわじわと幸せでいっぱいになっていく。

ずっとヴィクターが、自分をチャールズとくっつけようとしているのを不満に思っていた。ヴィクターが頑なに信じている『スザンヌの幸せの形』というものをなかなか覆《くつがえ》すことができずにいたが、ようやく理解してもらえた。

今までのことが一気に思い出される。

早く返事しなければ、と思うのに、息が喉につまり、じわじわと涙が滲み出してくる。

必死でその涙を止めようと瞬きを繰り返しているうちに、逆にその涙は止まらなくなった。

スザンヌは両手で顔を覆う。

そんなスザンヌを見てヴィクターはあわてたように立ち上がり、両手でぎゅっと抱きしめてきた。

「スザンヌ」

愛しげなささやきと、その温かくて頼りがいのある胸の感触に、スザンヌの涙はますます止まらなくなった。

――大好き……。

最初は得体の知れない相手だと、うさん臭く思っていた。だけど、ヴィクターの助けがなければ、自分がここまでちゃんとやってこられたのか、自信がない。

息を吸うたびにヴィクターの身体のぬくもりが胸に染みる。

なかなか涙が止まらないでいるスザンヌに、ヴィクターが焦ったように問いかけた。

「返事を聞かせてくれるかな。どうなのか教えてもらえないと、……いつまでもドキドキしたまま、落ち着かない」

「あなたもさんざん焦らしたんだから、……私にも少しは……っ、焦らさせてよ」

せめて涙が収まって、キリッとした顔になってから返事したい。ここは大切なところなのだ。

ヴィクターの肩に顔をうずめているときに、彼が正体を教えてくれたときのことを思い出した。

あれは、スザンヌが船の購入について、相談を持ちかけた日のことだ。

『エイミリアは私のふるさとではない。むしろ君が行こうとしている国のほうが、私にとってはふるさとだ』

ヴィクターの手が、スザンヌを落ち着かせようとするように背中を優しく撫でる。それが心地いいから、いつまでもヴィクターの肩から顔を離すことができない。

『少しだけ言い訳させてくれ、私が君に気持ちをいつまでも伝えられなかったのは、部外者は介入しないのが、このゲームのあるべき姿だと思っていたからだ。この世界は、ゲームの世界だ。大きな変更を行えば、その反動が来るのではないかとおびえていた。だから、名もない雑魚キャラである私が、悪役令嬢を娶《めと》るなどあってはならない』

——ヴィクターが雑魚キャラだなんて、おかしいわね。

今でもそう思っている。

ヴィクターがそんな存在だとは思えない。出会ったときから、ヴィクターには存在感があって、惹かれるところがあった。

「スザンヌ。……私のプロポーズを受け止める前に、少しだけ情報を入れておいてもいいかな」

ヴィクターがふと心配になったように、スザンヌを抱きしめたまま耳元でささやいた。

ヴィクターとスザンヌのプロポーズの行方を、このパーティに集った大勢の生徒が見守っているのを感じながらも、なかなかスザンヌは動くことができない。

だから、その胸に抱きしめられながらうなずいた。

「王太子との婚約を破棄し、私と一緒になるルートに踏み出したとなると、正直なところ、これから何が起きるのかわからない。それでも、君を誰にも渡したくないんだ。だから、このエイミリアから自由に羽ばたこうとする君に、この指輪という小さな枷《かせ》をはめておきたいんだ。君が私のものであるという証に。そして、私も君のものであるという証に」

ヴィクターの言葉の一つ一つが、胸に染みた。

この先、どんな困難が起きようとも、立ち向かっていくつもりではある。祖母が残してくれた預言書の通りには動かないと決めたときに、その責任は自分で取ると決めたのだ。

スザンヌはようやく、ヴィクターの胸から顔を離した。

覚悟を決めたのを察したのか、ヴィクターがスザンヌの前にひざまずく。

そのヴィクターに、スザンヌは手を差し出した。婚約指輪をはめる手だ。

彼がその手を取り、うやうやしく口づけるのを見下ろしながら、スザンヌは微笑み交じりに言った。

「人生の先が見えないなんて、それが普通なんだわ。あなたは少し先が見えていただけに、将来に過剰におびえているのよ」

「心強いな。結婚を承諾してくれて、ありがとう」

ヴィクターはてのひらから唇を離して、そっと指輪をはめた。

どっと、二人を見守っていた聴衆が沸いた。

指輪には精緻な細工が施され、その中心に花のように赤い石がいくつもつけられている。自分の指を飾る指輪の美しさにスザンヌは見惚れてしまう。

ほんのわずかに身じろぎしただけで、それは限りなく美しい光を放った。

「素敵ね」

ヴィクターが立ち上がり、その指輪をはめたスザンヌの手を見た。

「我が家に、代々伝わる婚約指輪だ。婚約破棄の準備を整えながら両親の許可を得て、急遽《きゅうきょ》、オリバースから取り寄せた」

「ご両親に、私のことは何と言っているの？」

ヴィクターの両親についてはよく知らないし、スザンヌとは顔を合わせたこともない。なのに、ヴィクターの思う通りにエイミリア王に王太子との婚約を破棄して、息子にその婚約者を譲ってほしいという書簡を書いてくれたりもしたのだろうか。

ヴィクターの完璧な笑みは崩れない。

「私が選んだ人なら大丈夫だと、信頼してくれている。結婚の許可も取った。君を紹介されることを、楽しみにしているようだ」

しばらくヴィクターが何かを待っているようすだったのは、両親に連絡して結婚の許可を取り、国を介して婚約破棄の準備をしたり、この指輪を取り寄せていたからだと納得できた。

「あなたのご両親と会うの、緊張するわね」

「婚約できたからには、誓いのキスもしてもいい」

ヴィクターはそう言うと、周囲にたくさんの生徒がいるのもかまわずに顔を寄せてきた。

大切そうにてのひらで頬を包みこまれ、まずは親指で唇をなぞられる。そのくすぐったさと甘さに肩をすくめると、首の後ろに腕を回して引き寄せられた。

その感触に一瞬意識を奪われたときに、唇が重なってくる。

「ッん」

最初は、スザンヌの唇の柔らかさを堪能するように、小刻みに何度も唇を押しつけられた。それから、軽く食《は》むようにされ、唇から広がる熱に耐えきれずに口を開くと、舌が押しこまれてくる。

「っふ」

舌をからめとられて、小さくあえがずにはいられない。

舌の表面と表面を擦りつけるようにされただけで膝が砕けそうになり、スザンヌのほうからもヴィクターに腕を回してしがみつかずにはいられなかった。

「ヴぃく、……た……」

キスはどんどん深くなる。

ヴィクターの大きな胸の中に抱きこまれる感触にも溺れてしまう。

ようやく唇を離してからも、ヴィクターは愛しげにスザンヌの頬や額に唇を押しつけた。

それからスザンヌの手を握り、うながしてくる。

「これからの準備がある。まずは、退学届を出しに行こうか」

「そうね」

つかまれている手から熱が全身に広がり、どくどくと鼓動が乱れた。

――この人よ。

出会ったときから、ヴィクターとの運命を感じていた。

ヴィクターが隣国の第一王子だなんて、少し前まで知らなかった。どんな身分であったとしても、きっとヴィクターのことが好きになったに違いない。それくらいヴィクターは魅力的で、謎の多い言動に惑わされながらも、愛のこもった眼差しに惹かれずにはいられなかった。

祖母は悪役令嬢であるスザンヌの婚約が、こんな形で決着することなど予想していなかったはずだ。

ただひたすら破滅の運命から逃れるように伝えられ、万が一破滅になったときには、逞《たくま》しく生き抜くように教えられてきたのだ。

――だけどこれが私の選んだ結末よ。たぶん、最高の。
こうなることができたのも、尽力してくれたヴィクターのおかげだ。
そう思うと、いろいろな感慨がこみあげてきて、涙がにじんだ。
パーティ会場から抜け出した後で、スザンヌはいたずらっぽく笑う。
「うまくいったわね」
「ああ。どうにか昨夜までに、エイミリア王の婚約破棄の許可が取れてよかった」
途中でヴィクターが足を止め、スザンヌをきつく抱きしめる。
その抱擁に溺れながら、スザンヌは胸に顔を埋めた。
幸せだった。
この選択を悔やむことはしない。
後はただ、新しい道に突き進むだけだ。

第六章

オリバースの港から王城に向かう間にも、スザンヌは目に飛びこんでくる光景に圧倒された。

王都を囲む城壁は、高々とそびえたっている。港には最新鋭の大型船が並び、荷上場は活気にあふれていた。

港に沿って、大きく町が広がっていた。城壁で囲まれた市街地の一番奥まったところに、今から向かう王城がある。

オリバースⅢ世の時代に建て替えたばかりだという王城に近づくにつれて、その絢爛豪華《けんらんごうか》な作りの全貌が見えてくる。惜しみなく、巨額が注ぎこまれたのだろう。

しかも、オリバースⅢ世はその王城を作ることによって国家財政を傾けるどころか、さらなる発展に導いたとヴィクターは言っていた。

その理由についてヴィクターにいろいろ尋ねたのだが、まずはオリバースⅢ世が新しい技術が大好きなところに秘訣《ひけつ》がありそうだ。最近では急速に発展してきた蒸気機関に興味を持ち、あらゆるものに積極的に活用しようとしているらしい。

その技術好きの気風は、オリバースⅣ世となるはずのヴィクターにも受け継がれているようだ。『転生者』であるヴィクターは先代よりも技術を理解し、発展の先にある未来まで見据えているように思えた。

『これからは、魔法の時代ではないからな』

ヴィクターが、オリバースで実用化されているさまざまな技術を紹介しながら言った言葉が、スザンヌの記憶に残っている。

オリバースの市街地はひどく活気があって、大通り沿いにさまざまな店が立ち並んでいた。オリバースの貿易はこの大陸一盛んだから、別の大陸にあった珍しいものが普通に取り引きされているようだ。

——街歩きしたいわ！

王城の内部では科学者や技術者が闊歩《かっぽ》し、新しい技術を次々と提案しているところも見せてもらった。

身分ではなく能力で登用する制度もあるそうだ。

到着したスザンヌを出迎えてくれたオリバース王家や宮廷の雰囲気にも閉鎖的なところはなく、ヴィクターが「運命の人」として紹介したスザンヌを、温かく受け入れてくれた。

——居心地いいわ、ここ……。

航海のときに感じていた風が、ずっと自分の中で吹いているような感覚がある。

オリバースには、新しく購入した自分の船で来た。オリバースの第一王子の配偶者となっても、その船を所有して好きに商売をしていいと言われたからだ。

自分にそこまでの自由があると知ってびっくりしたが、これがオリバースの気風なのだと、スザンヌは少しずつ理解しつつある。

自由がある代わりに、その責任も課せられる。

スザンヌは船のオーナーとして、これから采配を振るうこととなる。たっぷり儲《もう》けられる可能性がある半面、船が嵐で沈んだりして、すべてを失う可能性もある。取り引きする商品には価格の変動があり、悪徳商人も跋扈《ばっこ》している世界だ。騙《だま》されないように、用心してかからなければならない。

だが、そんな商売の世界に飛びこむことにわくわくした。ジョン・ワッツ商会からは、新たな商売の提案を受けている。

――頑張るわ！

ヴィクターの婚約者としてしばらくはオリバースの王城で生活し、ここでの生活にまずは馴染《なじ》むことになった。結婚式はスザンヌがこの地に慣れた一か月後に行う予定だ。

オリバースに来てから、びっくりするほどの速さで日々が過ぎ去っていく。

そして結婚式を数日後に控えたある日、チャールズの処遇についての情報が、スザンヌの耳に届いた。

オリバースの宮廷に、エイミリア王国の正式な通知として、チャールズの廃嫡について連絡されてきたからだ。

その理由については特に記されていなかったが、結婚式のためにやってきたスザンヌの両親がこっそり教えてくれた。

何とチャールズは、国王の後妻であるナーヴィスのベッドに潜りこんでいるところを王本人に目撃されたそうだ。

それを聞いた途端、スザンヌはうめき声を漏らした。

——やっぱりね。いずれは、そんなことになるって思っていたのよ。

チャールズはエイミリア王のたった一人の息子だ。他に王太子の候補者がいなかったこともあって、どんなに無能であっても甘やかされて育てられた。

だが、さすがに王妃のベッドに潜りこんでいたとあれば、厳しい処分を下さざるを得ない。

廃嫡されて王太子としての資格を失ったチャールズには、国外追放が命じられたそうだ。

新大陸にある大農場で、奴隷に近い一農夫として一生を終えることになるらしい。新大陸に到着するまでに、荒くれものの船乗りたちに海に投げこまれなければ、の話だが。

廃嫡の知らせと合わせて伝えられたのは、新たな王位継承者についてだった。

チャールズの代わりにエイミリア王の遠縁の娘が、将来の女王候補として王城に迎え入れられたそうだ。彼女はこれから為政者として、教育を受けるらしい。

その遠縁の娘について、スザンヌも聞いたことがあった。

かなり利発で賢い娘のようだから、彼女なら立派に女王としてエイミリア王国を治められるのではないかと、スザンヌは期待した。

——そうね。チャールズよりも、きっといい王になれるわ。

そう遠くないうちに、エイミリア王国に里帰りして、その女王候補と話をしてみたかった。オリバースとの貿易や安全保障の関係もあるから、エイミリア王国との関係は良好に保っておきたい。

そして、その知らせがあった数日後に、スザンヌとヴィクターとの結婚式が華やかに執り行われた。

オリバース神権王朝の名だたる貴族が壮大な王城に集まり、エイミリア王国からもスザンヌの両親であるパレス公爵夫妻始め、多くの貴族が招かれた。この大陸にある諸国の大使も次々と到着している。

朝から教会の鐘が鳴り響き、沿道で盛大なパレードが行われた。

それから、大聖堂での結婚式となった。

式は滞りなく進み、大司教の前でひざまずいたスザンヌとヴィクターは互いに永遠の愛を誓い合う。

スザンヌが身につけた衣装は、シルクの中でも最高級とされるコモアシルクで作られたものだ。

真珠そのものの、ぬめるような独特の輝きを放つ高価な生地がたっぷりと使われているだけではなく、大小さまざまな真珠が一面に縫いこまれていた。

ヴィクターも、同じ生地で作られた揃《そろ》いの衣装に身を包んでいる。

黒の印象が強かったヴィクターだったが、白もとてもよく似合うのだと、スザンヌは彼を見つめながら、しみじみと思う。黒髪や琥珀色の瞳が一段と引き立っていた。過剰なほどの装飾も、ヴィクターの気品を引き立たせる邪魔はしない。

神の前でスザンヌはヴィクターと結ばれ、手を取られて退出した。

外には華やかに飾りつけられた馬車が待っていた。

王城までの帰りの道のりもまたパレードとなる。

沿道に集う人々が、将来の王や王妃となるヴィクターとスザンヌに大きく手を振って、祝福してくれた。


すべての儀式を終えた後で、スザンヌはヴィクターとともに寝所に向かった。

朝早くから身を飾り立てる準備で忙しかったから、スザンヌは体力の限界だった。すぐにこのずっしりと重いドレスを脱いで横になりたくて仕方がない。

なのに、目の前にあるふかふかの大きなベッドに飛びこめないのは、ドレスを大きくふくらませているクリノリンが邪魔をしているからだ。

本来ならば衣装を侍女が数人がかりで脱がせた後に初夜の床に送りこまれるところだが、待ちきれなかったヴィクターにさらわれた。だから、責任を持ってヴィクターに脱がせてもらわなければならない。

ずしりと重い上着を脱ぎ捨てたヴィクターをうらやましそうに眺めて、スザンヌはふう、と息をついた。

「疲れたわ。ずっとにこにこ笑っていたから、ほっぺたがもう限界だわ」

大勢の貴族や、各国の大使。エイミリア王国からの関係者。

彼らにずっと、にこやかに挨拶をし続けてきた。さすがに人数が多すぎて、大量にあったはずのお愛想笑いの在庫が底をついている。

そんなスザンヌの前にヴィクターが立ち、頬を両手で包みこんだ。

額と額がくっつくほど、顔を寄せられる。

「だったら、こうして支えておこうか」

ヴィクターは今朝、顔を合わせたときからやたらと上機嫌だ。

ずっと好きだった相手と結婚できるのだから、今日は最高に幸せな日だと言われたが、その「ずっと」という言葉にスザンヌは深い意味を感じ取る。

エイミリア王立魔法学園で会ったのが最初のはずなのだが、もっと昔から彼は自分を知っていたのではないだろうか。

そんなことを考えている間にヴィクターの唇が近づいてきた。

まずはスザンヌの唇の感触を確かめるように、そっと唇を押しつけられた。だが、それだけは終わらない。何度もキスを繰り返して、スザンヌの唇が開くのを薄目で眺めながら待っているようだ。

その可愛さに唇をそっと開くと、待ちかねたように舌が入りこんできた。

「ッン」

舌と舌とが触れ合った瞬間、ぞくっと生々しい痺れが背筋を駆け抜ける。

ヴィクターとはすでに魔法薬を作るために、身体を重ねていた。それでも、チャールズとの婚約がキチンとした形で解消されるまでは、不実な気がして関係を拒んできた。それは、ヴィクターも同じ気持ちだったようだ。

この国に来てからも、結婚するまで我慢してきたのは、万が一、孕んだときに面倒なことになるからだ。

——結婚前の子どもは、出生が明らかにならないから。

子どもに、そんな十字架を背負わせたくない。だから、ヴィクターとは今日で二度目ということになる。

かなり間が空いたから、初めてのような緊張感があった。

舌がからむたびに、背筋にぞくぞくと甘い痺れが広がっていく。舌の裏から上あごまであますことなく舌の先でなぞられ、自分の口腔内のあらゆるところに未知の感覚が潜んでいることを思い知らされた。

めまいがするような感覚にまともに立っていられなくなったとき、スザンヌの身体をしっかりと抱きとめながら、ヴィクターが言った。

「まずはこの窮屈な衣装から、君を自由にしたいんだけど」

「すごく複雑みたいよ。できる？」

「挑戦してみる」

まずは椅子が移動され、その上に木の盆が乗せられた。スザンヌの全身を飾っていた装飾具が外されては、その上に積まれていく。どれもずしりと重い、国の宝レベルの豪奢な装身具だ。それを無造作に積み上げた後で、ヴィクターはスザンヌの後ろに回りこんだ。

慎重にボタンが外されて、無数に真珠をちりばめたドレスが肩から外される。その瞬間、全身がすっと軽くなった。

だが、クリノリンの骨格と下着だけの姿になった自分はずいぶんと滑稽だろうから、早く全部脱がせて欲しい。

気持ちがはやる中でクリノリンが外され、その後でコルセットが緩められた。ようやくスザンヌは、深々と呼吸することができた。

「生き返ったわ」

「あまりウエストを締めすぎると、健康に害があるかも。私の大切なスザンヌがいつまでも健やかにいられるように、このようなものを着用せずにすむ方法を考えなくては」

独り言のようにつぶやくヴィクターに、スザンヌは笑った。

「どうするつもりなの?」

「そうだな。もっと動きやすくて、ウエストを締めすぎないドレスを、ここの宮廷から流行させるとか」

「いいわね」

「男装も流行らせてみるとか」

「できるかしら」

「ああ。君の美しさなら、十分に」

そんな言葉とともに、コルセットが完全に脱がされた。

すべての衣服から解放されて楽になったが、今度は隠せなくなった全身に浴びせかけられるヴィクターの眼差しにいたたまれなくなる。

スザンヌはありのままの姿で、ベッドに飛びこんだ。

「ふう」

うつ伏せになってマットに沈みこむと、心の底からの安堵の声が漏れた。

この後は湯あみをしてぐっすり朝まで眠りたかったが、スザンヌを追って、軽装でベッドに入ってきたヴィクターのわくわくしたようすを見れば、それは許されないことだろう。

「湯あみをしてもいいかしら？」

目を閉じたまま尋ねてみたが、大切そうに肩をつかまれて仰向《あおむ》けにひっくり返され、ヴィクターの身体の下に敷きこまれてしまったから、しばらくは自由になれそうもない。

「君はいい匂いがする。そういうのは全部、済んだ後に」

また、キスを繰り返された。閉じた瞼や、目の際。鼻のてっぺんや、頬。首筋を伝って、ヴィクターの唇はだんだんと下に落ちていく。

だが、胸で止まるかと思った唇が、下腹まで一気に移動したので、スザンヌの全身に緊張が走った。

引きしまったへその横にキスをされてから、ヴィクターの手が膝の裏をつかんで太腿をこじ開ける。肌のなめらかさを味わうように頬で太腿をなぞられてから、膝を両方とも抱えこまれた。

――え？

足をこのようにぱっくり割られたことにびっくりして、思わずヴィクターを見てしまう。彼はいたずらっぽい顔をして、スザンヌに微笑みかけた。

「ずっとお預けだったから、気持ちが抑えきれない」

そんな言葉とともに、足の狭間に顔を埋められた。

暴かれたその中心に、ヴィクターの吐息がかかる。尖らせた弾力のある舌で花弁をかき分けられただけでも、びくんと腰が跳ねるほど感じてしまう。そんな強烈な行為が、いきなり始まるなんて予期していなかった。

「ん……っ、ダメよ、……だめ」

「ダメっていうのは、どうして？　またたっぷり、君を濡らしたいのに」

その部分でしゃべられると、唇や舌が不規則に触れて、ぞわぞわとする。

「っん、……っん……っ」

大きく足を割られ、膝を立てる形でヴィクターの上体を挟みこまされている。

否応《いやおう》なしに、意識がヴィクターの舌があるところに集中する。

花弁を隅々まで舌でなぞられているだけで、急速に身体が昂った。敏感なところでねっとりと舌を動かされると、ぞくぞくと鳥肌が立つような鳥肌が肌を伝う。

その狭間の上のほうに、ひどく感じる部分があったことも思い出した。

またそこに触れられたら、どうにかなってしまいそうで心配だった。そこはすでに痺れるような快感を孕んでいたから、ヴィクターの舌が近づくたびにおびえて身体に力が入る。

ヴィクターの舌はなかなかそこには触れず、花弁のあちらこちらを舐めていた。

スザンヌがビクンと震えると、その反応を確かめるように舌で繰り返し同じところをなぞられる。

　突起以外でスザンヌが弱いことを思い知らされたのは、絶え間なく蜜をあふれさせる中の入り口だ。その蜜をたっぷりと舌先ですくいあげられ、尖らせた舌先で中まで貫くようにつつかれるた。そのとらえどころのない快感に太腿が震えてしまう。そこをたっぷり舐められた後で、ついにヴィクターの唇が花弁の上のほうの突起を捕らえた。

「んんっ」

　ぬるっと舐められた途端、今まではまるで違う快感のレベルに驚愕《きょうがく》する。強烈に全身に流しこまれてくる快感に、大きく全身が反り返った。

「っんぁ！　ぁあ……っ！」

　強い刺激は、薄れていく過程で甘い余韻へと変化する。そこへの刺激は一度だけで、ヴィクターの舌先は感じやすい花弁に移動した。だけど、しばらくしてからまたその突起に戻り、今度は舌先を軽く触れさせるだけの、ちょんちょんとした刺激を送りこんできた。

「っん、……っぁ」

　今度は今回のような強烈さはない。

　それでも、ぞくっと身体の内側が甘く痺れるような独特の快感に太腿が震えた。

　そんなふうにスザンヌを少しずつ快感に慣らした後で、ヴィクターは突起を本格的になぶり始めた。柔らかく円を描くように突起を舐めあげられると、身体の芯まで快感が流しこまれてくる。

切れ切れの声が漏れた。

ヴィクターの舌がうごめくたびに、じっとしていられなくて太腿まで動いた。

「っぁ、……っんぁ、……あ……っ」

感じるたびに、以前にヴィクターを受け入れた中の部分まで熱くうずいているのを意識する。ざらついた舌を押しつけるように突起をぐにぐにと舐められ、めまいすら引き起こすような快感の渦に投げこまれる。感じるたびに襞がぎゅっと引き絞られ、それによって蜜があふれて、むず痒いほどに濡れそぼっていく。

たっぷりと突起を刺激した後で、またヴィクターの唇はそのうずく孔の入り口に戻ってきた。濡れ切った孔の入り口を、舌先で割り開かれる。

「っは、うっ、……んぁ、あ……んぁ、……や……っ」

身体の内側を舐められている感覚に、腰が浮き上がった。

だけどすぐに腰は沈む。

がっちりと膝の裏をつかまれているから、まともに動けないのだ。

「っぁ！　……あ、……ぁあ……っ」

ぬるっと、またその敏感な粘膜でヴィクターの舌が動いた。熱い襞の内側まで入りこんだ舌は、さらに奥まで入りこもうと入り口のあたりでうごめく。

そのつかみどころのない、独特の刺激が腰を溶かした。

刺激を受けて襞がひくひくと震え、奥のほうまで切ないほどにうずいた。ほんのわずかに入りこんだ舌先は締めつけられると抜け落ちるが、またすぐに入り口を割り開く。突起を指先でそっといじられてもいる。

「っは、……は、は……っ」

びくんびくんと反応せずにはいられなかったから、すぐに息が上がった。身体のあちらこちらに力が入ったり抜けたりするためか、肌が桜色に染まり、汗までにじんでくる。

「ダメ、……そんな、……とこ」

息も絶え絶えに訴えているのだが、ヴィクターはスザンヌの恥ずかしいところに端整な顔を押しつけるのを止めない。尖らせた舌先で何度も中を穿ってくる。

そうされるたびに身体が痺れ、舐め溶かされた。まともに声も出なくなったころ、ぬかるんだ中に指が押しこまれてきた。

「っぁああ、……っあ！」

その指の容赦のない存在感は、舌とはまるっきり違う。

違和感がすごくて、追い出そうと勝手に襞がからみついた。だが、指はそれくらいで抜け落ちてはくれない。締めつけるたびに、その指の太さや硬さをスザンヌに思い知らせてくる。

根元まで押しこまれた後で、指はゆっくりと動きだした。

濡れた部分を指先でかき分けられ、突き刺さっていくときの快感が腰を襲う。指を受け入れている襞全体が甘く溶けて、そこがどれだけ刺激を欲しがっているのかを伝えてきた。

より刺激が欲しくて襞がからみつき、その指がもたらす快感を可能なかぎり感じ取ろうと、感覚が研ぎ澄まされる。

指がうごめくたびにぞくぞくとした快感が収まらなくなり、やんわりと掻きまわされているだけなのに、急速に快感の塊が膨れ上がった。

指があるところから腰の後ろまで、ぞわっとした鋭い熱が駆け抜ける。次の瞬間には、全身が跳ねあがっていた。

「っぁ……ぁあああああああ！」

最初は、何が起きたのかわからずにいた。

だが、脱力しながら薄れていく快感を味わい、また前回と同じようにイってしまったんだとわかってきた。全身を甘い余韻で満たされている。

「イったのか」

ヴィクターは愛しげにささやいたが、中に入れていた指を抜くことはない。それどころか、さらに指を増やして、柔らかくなった体内をぐちゃぐちゃと掻きまわしてきた。

「すごく、柔らかい」

「っは、……う、……っぁあ、……ダメ……っ」

中に力が入らず、甘ったるくほぐれているのがわかるが、掻きまわされるたびに痙攣が誘発される。イクのに似たぞわっとした刺激が、刺激されるたびに生み出されてしまう。

「っあ、あ、……ダメ、……っ、……抜いて」

哀願しても、ヴィクターは指を抜いてはくれない。何かを思いついたのか、不意に中を掻きまわす指の動きが止まったが、代わりに親指の腹で、スザンヌの感じやすい突起をぐいっと押しつぶした。

「っぁっ！　あっ！」

親指を動かされると、ついでにスザンヌの体内に入れっぱなしの他の指も動く。突起を刺激されるたびに、中にある指をますます締めつけるのがわかる。

「んぁ、……あ……、んぁ、あ……っ」

スザンヌはまだまだ不慣れだったから、中と外を一緒にされるとどこでどう感じているのかわからなくなった。

またイってしまいそうな爆弾を抱えながら、ギリギリの狭間で感じやすいところをひたすらなぶられ続ける。

中からあふれ出す蜜が、ヴィクターの指をたっぷりと濡らした。

送りこまれる快感に口が開きっぱなしになって、唾液まであふれてきた。

「も、……も、……そこ、……ダメ……っ」

スザンヌの身体がひくひくと震え、次の絶頂の予感を伝え始めてきたのを感じたのか、ようやくヴィクターが指を抜いた。

ベッドに投げ出されたスザンヌの全身はしっとりと汗ばみ、乳首も硬くしこっている。

こんなふうに身体を甘く溶かされたことで、今夜もおそらくヴィクターのものを痛みなく迎え入れることができるはずだと予感していた。

「入れても、……いい？」

「いい……わよ」

身体はどろどろだったが、ヴィクターとつながることに、少し緊張もある。

ヴィクターはスザンヌの額にそっとキスを落としてから、あらためて足の間に身体を割りこませた。

熱い先端が、スザンヌのぬるついた狭間に押し当てられる。

何度かそれで、スザンヌの狭間のあたりをなぞられ、蜜をまぶしつけられた。その快感を受け流すだけでもやっとになる。力が抜けきったタイミングを見計らって、ヴィクターのものが突き立てられた。

「っぁ！　……ぁああ、……あ、あ……っ」

すごく濡れているせいか、圧迫感はあったが、ずぶずぶとヴィクターを呑みこんでいく。それでも、その硬い大きなものに襞を押し開かれる快感は強烈だった。

うずいていたところを容赦なく刺激されたことで、目の前が真っ白に染まる。

「っんぁ、……あ、あ……っ！」

それで貫かれるのに合わせて、スザンヌはびくびくと腰を痙攣させながら達していた。

挿入されただけでこんなふうになるなんて、恥ずかしくてたまらない。

こんなに隙間なくつながっているのだから、ヴィクターにもスザンヌの身体の強い締めつけや痙攣を通じて、達したことは伝わったはずだ。身の置き所がなくなったスザンヌの中に、ヴィクターが硬いものを入れなおす。

それだけで、またイってしまったような痺れが駆け抜けた。

中の感覚が落ち着くまで、少しだけ待って欲しい。そうしないと、おかしくなりそうだ。

「すごい。俺も、……すぐに、……イき……そ」

そんなことを言いながら、ヴィクターの大きなものが、抜く以上の速さで奥まで戻ってくる。

ずしんと、身体の奥まで響くような快感に、びくんと身体が跳ねあがった。またイったようになる。

「っん、っんんっ！」

強く締めつける襞からヴィクターのものが抜き出されては、奥までしっかりとえぐっていく。

「……あ、……はぁ、あ……」

そうされることで、毎回達しているような快感にスザンヌはさらされた。おかしくなりそうだ。

ヴィクターの一突き一突きがやたらと身体に響く。

哀願するように見上げたが、ヴィクターのほうにも余裕がないみたいだった。見たことがないぐらい、切羽詰まった顔をしながら腰を動かしてくる。

さらにヴィクターの手は胸に回され、動きに合わせて揺れるふくらみを大切そうに包みこんだ。しこって痒い乳首をつまみだされ、こりこりと指先でいじられるのが気持ちよくてたまらない。胸からの刺激が貫かれる快感に複雑に混じりこみ、ますます腰が甘く溶ける。

「う、……は、ぁああ……ん……っ」

息も絶え絶えになって、ヴィクターの動きにすべてを任せていることしかできなかった。

激しい快感にさらされた後で、突かれるたびにイくような快感はいったん落ち着き、純粋な気持ちよさだけがこみあげてくる。

しばらくそのまま動きを続けた後で、ヴィクターはスザンヌの片方の足を抱え上げ、身体を横に倒した。それによって入れっぱなしのものが襞を複雑によじり、思いがけないところが刺激されて、声が漏れる。

「っぁ……っ！」

さらに、横向きからうつ伏せにされた。ぐりっと中を強烈にえぐられ、スザンヌは言葉もなく身体を丸める。

だが、大きな動きはそこまでだった。

ヴィクターはうつ伏せにされたスザンヌが苦しくないように、いい高さのクッションを頭の下にいくつも差しこんでくれる。

それにしがみついたときに腰をつかんで引き上げられ、深くまで入れ戻された。

「ッん！」

ずるりと、奥まで入ってくるものが、今までとはまるで違う角度で襞をえぐる。内臓が押し上げられる感覚とともに続けざまに背後から突き上げられ、その強烈な悦楽に太腿が震えた。

「あっ、んぁ、……っひ、……あっ…っ」

この体位は、エイミリア王国では禁忌だったはずだ。獣のような交配ということで。そんなおぼろげな知識はあったが、第一王子自らこんなふうにスザンヌを抱くからには、オリバース神権王朝では禁止されていないに違いない。

だんだんと、突き上げてくる速度が増してくるのに合わせて、スザンヌはそれに反応することしかできなくなる。

——きもち……いい……。

おそらく、この体位はヴィクターにとってかなり動きやすいのだろう。

一回一回体重を乗せて打ちつけられるから、奥に走る快感を受け流すことができない。

「ん、ん、ん……」

入れられるたびに襞から広がっていく快感に、唾液があふれた。

気持ちよすぎて、上体を自分で支えられなくなる。ヴィクターがクッションにしがみつかせてくれなければ、顔がマットに擦れていたことだろう。

「っぁ、……んぁ、あ、あ、……んぁ、……は、……ん、ん、ん……っはぁ、ん……んぁ」

スザンヌの上体はすっかりベッドに沈み、動きのたびに乳首がマットと擦れる。

こんなふうに獣の格好でつながり、顔も見ずに犯されているという禁忌感が快感を呼び起こす。

身体がどんどん前にずり上がりそうになったが、それを何度も引き戻すのは、腰にかかったヴィクターの手だ。背後に軽く引っ張られ、一回一回、深くまで突きこんでくる。

突き上げられるたびに揺れる乳房が気になったのか、ヴィクターの手が片方だけ伸ばされてきた。

「っぁ、……んぁ、あ、あ」

乳房をすくいあげられた。次にマットと擦れて張り詰めた乳首をつまみだされ、きゅっと引っ張られる。それと突き上げられるタイミングが一緒だったから、ことさら感じた。

「はぁ、……んぁ、あ」

中の締めつけが増したことで、スザンヌが乳首から快感を得ているのを察したのかもしれない。

しばらくするとヴィクターの手が、両方とも胸元に伸ばされてきた。

背後から乳首をつままれ、尖った部分を弄ばれながら突き上げられる。

深く浅く、スザンヌの中があますことなく刺激されていく。

その後で、ヴィクターの手がまた腰に戻った。何かと思ったら、背後から抱きすくめるように

して上体が引き起こされる。

「っ、んっ、何っ？」

すっかり馴染んだヴィクターのものが、体重によって深々と身体の奥まで入りこんできた。何をどうされようとしているのかわからないまま、スザンヌはヴィクターの腕に上体を預ける形でのけぞった。

スザンヌは大きく足を広げた格好で、ヴィクターの腰の上に載せられていた。

ヴィクターは動きを止めることなく、スザンヌの上体を後ろから抱きしめ、下から突き上げてきた。体位が変われればえぐられる位置が変わる。新たな刺激に、スザンヌはあえいだ。

「っつん、……ふ、……っぁ、……はぁ、……っぁあ……っ」

揺さぶられるたびに胸が揺れた。同時に、身体の中心を貫いている杭《くい》の存在感をことさら大きく感じ取らずにはいられない。

「んぁ、あ」

ヴィクターは途中でベッドに完全に倒れ、スザンヌだけを起き上がらせたまま、全身の筋肉を使って揺さぶってくる。さして無理なくやっているように思えた。むしろ、己の体重のダメージを受けていたのはスザンヌのほうだ。

「っぁ！　んぁ、あ……っ」

突き上げられて浮いた腰が戻ると、ヴィクターのものが衝撃とともに深々と奥に突き刺さってくる。そのたびに、息を呑んだ。いくら締めつけても、その逞しいものは存在感を失わず、次々と容赦なくスザンヌの中を穿ってくる。

「ぁあ、……は、……っはぁ、……あ……っ」

ぐっさりと突き刺されるたびに、身体の奥から快感が湧きあがった。

「っんぁ、あ……っ、ヴィクター……」

快感ばかりが全身に詰めこまれ、後はただ絶頂に達するだけだとわかっていた。無意識にスザンヌのほうから、中にある硬い熱いものに感じる部分を擦りつける。

絶頂の予兆にスザンヌの中の締めつけが増し、太腿が痙攣し始めていた。

リズミカルな突き上げを立て続けに受けたら、経験の浅いスザンヌに抵抗するすべは残されていなかった。

「あっ！　……あ！　あ！」

がくがくと痙攣しながら絶頂に達しようとするスザンヌの身体を、ヴィクターはさらに上下に揺らしてきた。

逞しいものを突き立てながら、上体を起き上がらせた。そのあげくに深くまで貫いたまま抱きすくめられる。乳首をぐりっとされるのと同時に、身動きできなくなった体内の深いところでヴィクターのものが弾けた。

「っんぁ！」

その脈動を感じ取ったことで、スザンヌはさらに淡い絶頂に達した。

そんなスザンヌの耳元で、感極まったようにヴィクターがささやいた。

「スザンヌ」

それは、今までで一番、愛されていると実感できるような声だったと思う。

それを聞いて、ぞくぞくと甘い余韻が広がっていく。

中の脈動が完全に収まった後で、ヴィクターはスザンヌの身体を仰向けにベッドに横たえた。

ずっと中にあったものが抜かれる甘さに、スザンヌは声を漏らす。

「…ん……」

「幸せに、したい」

思いをこめてささやかれ、誓いのように唇が重ねられてきた。

大勢に見守られた大聖堂での儀礼的な婚姻の儀式では、ヴィクターの心まではあまり伝わってこなかった。

その代償のように、二人きりの今、気持ちをこめて伝えられている。

そのキスを受け止めてから、スザンヌも彼の深い色をした目を見つめて言った。

「私も」

——あなたを、幸せにしたいわ。

悪役令嬢として、破滅の運命から逃れようとするだけで必死だった。

その運命から逃れた先で、こんなハッピーエンドが待っているとは知らなかった。

ヴィクターの首の後ろに腕を回し、スザンヌは甘いキスをむさぼる。

大好きな目の形、顎の形。大好きな声。スザンヌに対する愛情。

この先もずっとヴィクターと一緒にいられるのだと思うと、幸せしか感じない。


「うーん……。やっぱり、どっかで会ったこと、あるのよね」

一方、こちらはエイミリア王立魔法学園。

チャールズたちが卒業し、スザンヌとヴィクターがいなくなってからも、ルーシーはここで魔法薬の勉強を続けている。

ずっと頭に引っかかっているのは、ヴィクターのことだった。

どこかであの姿を見たような気がして、仕方ないのだ。攻略キャラではないことは確かだ。転生前は山のように乙女ゲーをプレイしたから、他のゲームの記憶でも混じっているのかもしれないと思っていたのだが、やっぱり何かが引っかかる。

ことあるごとに思い出そうとしていたのだが、温室にこもって薬草を乳鉢でごりごりとすりつぶしていたときに、ようやく記憶が戻ってきた。

——そうだわ！　……究極の隠しルートと言われている、アレ。

転生前の世界で人気だった乙女ゲームに、ルーシーは正ヒロインとして転生していた。

そのゲームはとても人気で、転生前のルーシーもその攻略に没頭した。だが人気絶頂で、アニメ化もささやかれていたときに、そのゲームを作っていたディレクターが急死したのだ。

交通事故だったという。彼がいなくなってしまったから、同じクオリティでこの乙女ゲームのシリーズの続きは出ないかもしれないと、ファンたちはとても悲しんだ。

するとあるとき、その乙女ゲームの特別な追加プログラムがオンラインで配布された。噂によると、志半ばで命を落とした彼のために、ゲーム会社内部のスタッフが追悼をかねて特別のルートを作ったのだという。

それはごく特殊な条件にならないと展開しない、究極の隠しルートだ。ゲームディレクターであったその人が密かに愛していた、悪役令嬢と新キャラとのルートだった。その新キャラは、彼がモデルだという。

——そっか。それだわ！　そこに、……ヴィクターというキャラが出ていたのだわ。

ようやく思い出して、ルーシーはとてもスッキリした。

ルーシーもさんざん苦労をしてその隠しルートを見つけ、一度だけプレイしたことがある。その新キャラはひどく麗しかったから、どうしてこのキャラを攻略キャラにしなかったのだと、もったいなく思ったのだ。

丁寧語で話す、隣国の第一王子という設定のキャラだった。

――そっか。それがヴィクター。そして、彼の攻略相手は、悪役令嬢のスザンヌ。

ゲームディレクターは悪役令嬢に肩入れしていたらしいが、そんなルートが作られたからには実際はバレバレだったのだろう。プレイしていたルーシーも不思議に思ったほどだ。何故なら、悪役令嬢だけやたらとキャラが立っていたし、演出効果もふんだんに使われていたからだ。

――なるほどねー。

納得して、ルーシーはにっこりとした。

スザンヌは、結ばれるべき相手と結ばれたのかもしれない。

隣国の第一王子であるヴィクターとなら、これから先も安泰だろう。チャールズとは違って、ヴィクターはぼんくらではない。

――いつか、私もこの国で一番の薬草使いになるわ。そうしていつか、スザンヌさまと再会するわ。

夢が広がっていく。

隣国に行く前に、スザンヌはルーシーに素敵なネックレスをプレゼントしてくれた。何かあったときには、これを売り払ってどうにか生き抜けばいい、という力強い励ましとともに。

それが、ルーシーの胸元にいつでも下がっている。大切なお守りだ。その宝飾品の価値とスザンヌの励ましがあれば、ルーシーもしっかりとこの世界で生き抜けるような気がしている。

その宝石をぎゅっと握りしめながら、ルーシーは遠くからスザンヌの幸せを祈った。

番外編

その後の、二人

朝の光が、室内を明るく照らしだしている。

「……ん……」

スザンヌは低くうめいた。

ひどく身体が重くてだるかったが、それ以上に満たされた感覚が残っていた。結婚初夜を迎え、朝方までヴィクターと何度も愛を交わしたからだ。

寝ぼけながら室内を見回し、頭上に広がっているのがオリバースの第一王子の寝所の豪奢な天蓋だと理解した途端、起きなきゃ、と思った。

いつ、侍女たちが大勢、ここに入ってくるかわからないからだ。

だが、寝返りを打とうとしたときに、背後から優しく抱きしめられた。

「まだ、寝ていよう」

ヴィクターの声だ。寝起きの柔らかさはまだその声に残っていたが、すっかり目を覚ましていたようだ。そちらのほうに寝返りを打つと、口元に何かを企《たくら》んでいるような笑みが浮かべているのが見える。

このようすでは、スザンヌのあられもない寝姿をじっくりと眺められたのかもしれない。

昨夜も全身をあますことなく見られたはずだが、じわりと恥ずかしさが湧きあがってきた。

「起きるわ」

そう思って身体に力をこめたが、ヴィクターの腕は緩まない。それどころか、上に覆い被らされてキスをされた。

そのときに無防備な乳房に触れられ、それだけでぴくんと反応する。

唇から額へとキスが移り、さらにその胸元に顔が移動していくのを感じ取ってしまうと、じっとしてはいられない。

「っぁ、……ッ、待って」

だが、逃げるよりもヴィクターの唇が乳首にたどり着いたほうが早かった。

そこをちゅっと吸いあげられると、快感にどうしても身体が震えてしまう。

その胸の柔らかさを堪能するように顔を擦りつけながら、ヴィクターは言ってきた。

「今日は、……呼ぶまで誰も来ないから、……心配するな」

「そういう……っぁ、……もの、……なの？」

「ああ。オリバースの初夜の作法だ。翌日はたっぷりと寝坊する。新婦に早起きさせると、夫の甲斐性《かいしょう》がないと、判断される」

どこまで本当なのかわからなかったが、ねっとりと乳首に這《は》わされる舌の感触によって、身体に火がつきつつあった。

昨夜、さんざん全身を愛撫《あいぶ》され、感じるというのはどういうものなのか、とことん思い知らされている。

それでも身体が汚れていたらその気にはなれなかっただろうが、ほとんど気絶するように眠りかけたとき、ヴィクターが侍女を呼んで熱いお湯を取り寄せたことをおぼろげに覚えていた。

その後で、ヴィクターが手ずからスザンヌの全身を、優しく布でぬぐってくれたのだ。

そのとき丁寧にぬぐわれた乳首を口に含まれ、吸いあげられると、そこから切ないような刺激が広がった。

「ん、……は、……は……っ」

受け止めるヴィクターの重みや、その身体の感触も何もかもが肌にしっくりと馴染んできていた。こうして、いつまでも愛し合っているのが自然なような気もしてくる。

優しい愛撫にますます力が抜け、拒む気持ちが消えていく。

もともと、こうしてヴィクターと結ばれるのを楽しみにしていたのだ。

「続けても？」

許可を得るようにささやかれて、スザンヌはドキッとした。

昨夜もくたくたになるほどにしたのだが、ここではどう応じるのが、淑女として正しいのだろうか。

答えを見つけられずにいるうちに、ヴィクターが言葉を重ねた。

「新婚初夜に身ごもった子は、このオリバースではことさら幸せな子として扱われる」

「え？」

「だからこのオリバースでは、新婚初夜に身ごもらせようと頑張る男が多い」

そんなふうに言われたら、このチャンスを逃す手はないような気がした。生まれてくる子どもには幸せになって欲しいし、早くヴィクターの子どもも授かりたいからだ。

「だったら、……いいわ。……だけど、今日が無理だったとしても、がっかりしないでね」

「もちろん」

そんな言葉とともにあらためて唇をふさがれ、乳房ごと乳首を指で刺激されて、身体が熱く溶けくずれる。

綺麗に拭き取られていたはずの足の間が、まだじゅくじゅくと潤み始めている。

感じると濡れるということを、スザンヌは昨夜、さんざん思い知らされた。

「ン、……ぁ、……は……っ」

乳首は硬くなるほどに感度を増し、そこを軽く指の腹でなぞられただけで、甘ったるい痺れが下肢をうずかせる。

昨夜、たっぷり時間をかけて、ヴィクターに身体の反応を逐一調べられた。だから、ヴィクターはスザンヌの感じるやりかたを知っている。そのヴィクターに覚えたばかりの手管を駆使されて、反応せずにいられるはずがない。

乳房にまた顔を埋められ、乳首を舐められ、指先で軽くねじられていると、声が甘さを帯びていく。

昨夜、嫌というほど貫かれた部分がジンジンとうずきだした。早くそこも刺激して欲しいと願ってしまう自分に、スザンヌは狼狽した。

一晩でこんなにも変わってしまった身体に驚きはあったが、それ以上にヴィクターと愛を紡げることを嬉しいとも思う。

彼とともに、ただ快感を味わっていたいという気持ちばかりが膨れ上がった。

「ぁ、……っあ、……ヴィクター……っ」

耐えきれずに名を呼ぶと、待ちわびたように足を開かされた。

新たな蜜をあふれさせる部分を、指先で暴かれる。敏感なそこが外気にさらされる感触にすくみあがったが、ヴィクターの指はためらいなく伸びていく。

「ッん！」

くちゅっと花弁からぬかるみをぬぐわれた後で指を根本までねじこまれ、道をつけられていく快感に息が詰まった。ヴィクターは愛しげにスザンヌを見下ろして、柔らかな笑みを浮かべた。

「ぐっしょりだね」

指先を回して、中の襞をぐるりと探られた。うずいていたところにそのような刺激を受けたらたまったものではなく、待ちかねたようにきゅうっと指を締めつけた。

「っぁ、あ……っ」

引きとめようとからみついた襞から、指が抜き取られる。だが、その直後に、ずずずっと大きなものが打ちこまれた。

「っぁ！　あ、あ、あ、あ！」

待ちかねた大きさに、ぞくっと全身が粟立つ。

中を強引にこじ開けながら、ヴィクターの硬くて大きなものの先端が自分の深いところまで移動していくのを全感覚で追いかけていた。挿入感がたまらなくて、切れ切れに息が漏れる。

根本まで貫いた後で、ヴィクターはスザンヌの背中と腰に腕を回して、自分と向かい合う形でその上体を引き上げた。

「ッん！」

大きく足が開いた格好で、ヴィクターの腰をまたぐ格好にされている。こんなふうに、自らの体重で深くまでえぐられる体位に、スザンヌは弱い。

奥のほうに、ことさら感じるところがあるからだ。そんな身体であることを、ヴィクターに昨夜、とことん思い知らされた。

「んっ……ああ！」

そのままべったりと腰を落とすと、ヴィクターの硬い先端があつらえたようにそこに当たる。

刺激が強すぎたから、スザンヌはどうにか腰を逃がそうとした。ヴィクターの腰の左右に膝をついて、当たらないように腰を浮かしてみたのだ。

だが、スザンヌの腰に手を回しながら、ヴィクターが優しくそそのかした。

「君が、動いてみる？」

「え」

「好きなように、動いてみて」

そんなふうに言われても、どう動いていいのかわからない。

それでも、下から突き上げられると、感じるところを強烈になぞられて、逃げるために腰が浮いた。そのときのぞくりとしたときの感じが忘れられなくて、スザンヌは緊張しながらもヴィクターのものに身体を貫かせるために腰を下ろしていく。

自ら感じる部分に先端を押し当てると、内側から強く刺激される圧迫感にぞくっとのけぞるほどに感じた。その感覚が薄れたときにどうにか腰を浮かし、迎え入れる動きを繰り返す。

「っんぁ、……あ、……あ、あっ……ッ」

ぎこちない。身体が上手に支えられず、バランスを取らなければならないから、そのためにどうしても中に力がこもる。

そのせいもあって、ことさら体内にあるヴィクターのものを大きく硬く感じ取っていた。

抜くときと、自ら迎え入れるときの快感が、自分で腰を動かすことによって交互に押し寄せてくる。そのタイミングを自分でつかめるのが良かったし、見下ろしたときにヴィクターが目を細めて、とても気持ちよさそうな顔をしてくれることにもぞくっとした。

さんざん昨日はヴィクターに気持ちよくしてもらった。だから、今日は自分からもこの愛しい相手を、気持ちよくしてあげたい。そんな思いがこみあげてきた。

だが、揺れる胸が気になるのか、いたずらっぽい目をしたヴィクターがそこに手を伸ばしてきた。両手で大切そうに乳房を包みこみ、スザンヌの動きに合わせて、その敏感な先端にやわやわと刺激を送りこんでくる。

「ダメよ」

「何が、ダメ？」

「気が……散るわ」

ふふふ、と愛しくてたまらないと言った笑みを散らしたヴィクターに、だしぬけに乳首をつまみあげられ、スザンヌはのけぞった。

だが、動くたびに中からこみあげてくる快感と乳首をいじられるうずきにそそのかされて、スザンヌは淫らに腰を揺らし続けた。

「つぁ、……っあ、あ、あ」

感じるところがどこなのか、自分でも少しずつわかるようになってきた。

それは深い位置にあるようだ。そこに擦りつけるように腰を下ろすと、えぐられるのがたまらない。

そのたびにぞくっと頭の芯まで痺れるほどの快感に震えて、ヴィクターの上で一瞬動けなくなるほどだ。それでも、次の快感が欲しくなって、スザンヌの腰は浮き上がっていく。

はぁはぁと、口から熱い吐息が漏れた。こちらを見つめるヴィクターの眼差しと、体内にあるその逞しいものの感触しかわからないほど、頭の中が真っ白になっていく。

それに乳首をいじられる快感とが混じり、体内からとめどなく湧きあがる快感に溺れる。

こんな快感があるなんて、ヴィクターと身体を重ねるまで知らなかった。

しかもそれは、大好きな相手の子どもを授かるための行為なのだ。

感じすぎて動けなくなったころ、ヴィクターがスザンヌの腰を支えて、ベッドに仰向けに横たえた。

「お疲れさま」

そんな言葉とともにヴィクターに膝をつかまれて大きく開かれ、彼の動きが始まる。

それはまるで、今までずっと我慢していたものを解き放つような、獰猛《どうもう》な突き上げだった。スザンヌの体内に勢いよくヴィクターのものが突き刺さる。その衝撃に声が押し出された。快感とともに強く締めつけたものは、からみつく襞に逆らって抜けていく。

叩きつけられるたびに、さきほど自分で紡いだ快感をはるかに勝る快感が送りこまれた。

「っぁ、……ぁ、ああ、あ、あ……んっんん、……ん」

体内で、ヴィクターのものがますます硬く大きく膨れ上がっていく。

鋭さを増したヴィクターのものが、深い位置にある感じるところまで勢いよく突き刺さる。

「っひぁ！」

ぞくっと、体内で快感が弾けた。

達しそうになって、反射的に引きとめる。まだヴィクターが終わりそうではなかったからだ。ぎゅっと全身に力をこめて、どこかに到着しそうな身体を制御しようとする。

「あっ、あ、あ……っんぁ！　……んぁ！」

だが、ヴィクターの動きは止まらず、感じるところを続けざまに強烈にえぐられたから、それ以上は無理だった。スザンヌはガクガクと震えながら絶頂に達していた。

「っんぁ！　あん、っあ、あ、あ……っ」

襞が痙攣して、ヴィクターのものを渾身《こんしん》の力で締めつけた。それでも、ヴィクターは動きを止めてくれない。ただ速度は少しだけ緩められたので、ことさらそれにからみつく襞の痙攣を自分自身で感じ取った。

スザンヌの跳ねる腰と太腿を抱えなおした後で、ヴィクターはその膝に軽く口づけた。いたずらっぽくおねだりする声が聞こえてくる。

「あと少しだけ、付き合ってもらえるかな」

「い……わよ」

息も絶え絶えだったが、彼がそういうのなら、拒めない。

ヴィクターの肌の熱さやその重みを感じているだけで、スザンヌの身体も溶け落ちていく。

この分では、幸せな子どもを授かる日も近いかもしれない。

そう思うと、身体の芯まで熱くなるのだった。

あとがき

はじめまして、の人が多いでしょうか、花菱ななみです。

この蜜猫ノベルスさまとは姉妹レーベルにあたる蜜猫文庫さまで、以前、レーベル初の悪役令嬢ものを出していただきまして、それを思いがけず、多くのかたに読んでいただきました。柳の下にどじょうは二匹いないことはわかっているのですが、せっかくなので悪役令嬢でもう一作書きたいな、ってことで、書かせていただきました！　今回は、現地人の悪役令嬢です。レーベルも違いますし、前作とまったくつながりはありませんが、この作品を気に入っていただけた場合は、できればそちらも読んでいただければ、嬉しいかぎりです。『悪役令嬢に転生したけど、破局したはずのカタブツ王太子に溺愛されてます⁉（蜜猫文庫）』といきなりのＣＭ。

ということで、今回は現地人の悪役令嬢なのですが、なかなかに大変でした……。

最初は婚約者であるチャールズと、ヒーローとの間で取り合いされて、心揺れ動くヒロイン、っていう形もいいのかしら、とチャールズとのあれこれについてもいろいろ書いてあったのですが、それを提出してみたら、担当さんが「いいですか、読者が読みたいのはヒーローとのあれこれであって、婚約者はモブでいいのです。モブで。あくまでもモブで！」とバッサリ。

言われてみれば、そうでした……。婚約者と一緒にいたときのあれやこれやが嫌だった、とぐだぐだ書くよりも、ヒーローとのときめきとかドキドキとかをいっぱい書いたほうが、私が読者だったら嬉しいに決まってる！　とようやく気づいて、大改稿……。なんで言われるまで気がつかないのだ……自分よ。

ちなみに、キャラ立たないキャラのキャラを立てるのはわりと大変だったりするのですが、逆にキャラをモブ化するのは、わりと簡単なことに気づきました。ガンガン描写削って、セリフだけにすれば、モブ化は終了。

他にもいろいろと担当さまに有益なアドバイスをいただきました。

今回はあとがき四ページもあるのでいっぱい語らなければならないのですが、他に大変な作業だったのは、濡れ場シーンをどこに、どのように入れるか、でした。

私はなぜかＴＬにおいて、濡れ場を三回以上入れなければ、と思いこんでおりました。担当さんとそのような話をしたような遠い記憶もあるのですが、先日、ＴＬの先輩作家さまとオンライン飲み会をしていたところ、そのような事実はないというのです……。え。……えええ？

そんな馬鹿な。私の記憶がどこかで飛んで、何かと接合していたのでしょうか。どこかで読んだだけなのか、他のジャンルの話を勘違いしていたのか……。レーベルや作家性？　によるのか。

ですが、私の中では三回ぐらいは入れねばならぬ、しかもそれなりに濃厚なのを、という思いが消えずにあるのです。なのにこのお話は、読んでいただければわかるのですが、なかなか自然とエロいことをする雰囲気にはなく。

どうにか頑張って入れようとして、わりと無理なことしてますが、エロはTLの華ですから！　って、何を火事と喧嘩は江戸の花、みたいなことを言っているのか。……ってことで、後半にごしゃっと濡れ場が一気にまとまってますが、それも私の心意気だと思って、後半のわっしょいわっしょい！　なところはご容赦いただけるとありがたい限りです。

あとあと『破瓜の涙』のことで、最初、担当さんにめっちゃ突っこまれたような記憶が、と思ってプロットチェックのときのメールを探して読み返してみたら、私、思っていた以上にひどい……。
○○○で処女喪失させようとしていたり、破瓜の血を必要としようとして、「それは絶対にダメです！」って担当さんに止められてる……。担当さんチェック抜きの、野生の自分の話は見せられない……。今振り返ればダメだってわかるのに、そのときにわからないのはどうしてなのか。という、担当さんに、とてもお世話になったというお話でした。本当に、今回は特にお世話になりました。ありがとうございました。
紆余曲折を経て、どうにか完成までたどり着きました。楽しんでいただければ何よりです。

そして、このお話を何より素敵に彩ってくださったみずきひわ先生に、心からの感謝を。キャラフいただいた時点から、あまりの麗しさに魂が飛びました。ドレスアップの二人とか、本当に優雅で美しくて、感動です。ありがとうございます。

このお話を読んでくださった方にも、心からの感謝を。少しでも楽しんでいただければ、これ以上の喜びはありません。

できればまたどこかで、お目にかかれますように！

花菱ななみ

巻き込まれ召還された
一般人ですが、なぜか
騎士宰相様に溺愛されてます
勤務中の壁ドンおことわり
Novel 水嶋 凜　Illustration ことね壱花

異世界で推しの
溺愛が止まりません!
転移したらめっちゃ愛され
ヒロインでした♡
Novel 藍井 恵
Illustration 蜂 不二子

永遠のつがい
その孤高なα皇帝は
Ω姫を溺愛する
Novel すずね凜
Illustration Ciel

暗殺人形は
薄幸の新妻を溺愛する
孤独なひな鳥たちは
蜜月にまどろむ
Novel ちろりん
Illustration なおやみか

Mitsuneko Novels

蜜猫 novels をお買い上げいただきありがとうございます。
この作品を読んでのご意見・ご感想をお聞かせください。
あて先は下記の通りです。

〒102-0072　東京都千代田区飯田橋 2-7-3
(株)竹書房　蜜猫 novels 編集部
花菱ななみ先生 / みずきひわ先生

悪役令嬢ですが、謎の美青年に溺愛されて破滅回避します♡

2021 年 3 月 17 日　初版第 1 刷発行
著　者　花菱ななみ　
発行者　後藤明信
発行所　株式会社竹書房
〒102-0072 東京都千代田区飯田橋 2-7-3
電話　03(3264)1576(代表)
03(3234)6245(編集部)
デザイン　antenna
印刷所　中央精版印刷株式会社

Printed in JAPAN
ISBN978-4-8019-2578-6　C0093